有爱的青春陪伴者

男友来自E世界

狸子小姐 / 著

广东旅游出版社
中国·广州

图书在版编目（CIP）数据

男友来自E世界 / 狸子小姐著. — 广州：广东旅游出版社，2020.11
　ISBN 978-7-5570-2127-6

　Ⅰ. ①男… Ⅱ. ①狸… Ⅲ. ①幻想小说－中国－当代 Ⅳ. ①I247.5

男友来自E世界
Nan You Lai Zi E Shi Jie

狸子小姐 / 著

◎出版人：刘志松　◎总策划：苏瑶　◎责任编辑：何方
◎策划：伍利　张磊　◎设计：蔡璨　孙欣瑞　◎封面绘制：柠檬-moon

出版发行：广东旅游出版社
地　　址：广州市荔湾区沙面北街71号
邮　　编：510130
电　　话：020-87347732
印　　刷：长沙鸿发印务实业有限公司
地　　址：长沙黄花工业园三号
邮　　编：410137
开　　本：880毫米×1230毫米　1/32
印　　张：8.5
字　　数：181千字
版　　次：2020年11月第1版
印　　次：2020年11月第1次
定　　价：36.80元

版权所有·侵权必究

如本书印装质量出现问题，请与印刷公司联系调换。联系电话：020-87808715-321

目录 ▼

第一章 她的专属精灵 ············ ★ 001

第二章 监督赶稿进行时 ·········· ★ 027

第三章 不平等协议 ············· ★ 049

第四章 林初阳生气了 ············ ★ 069

第五章 我以为我们已经是朋友 ······ ★ 099

第六章 一定不会让你消失 ·········· ★ 127

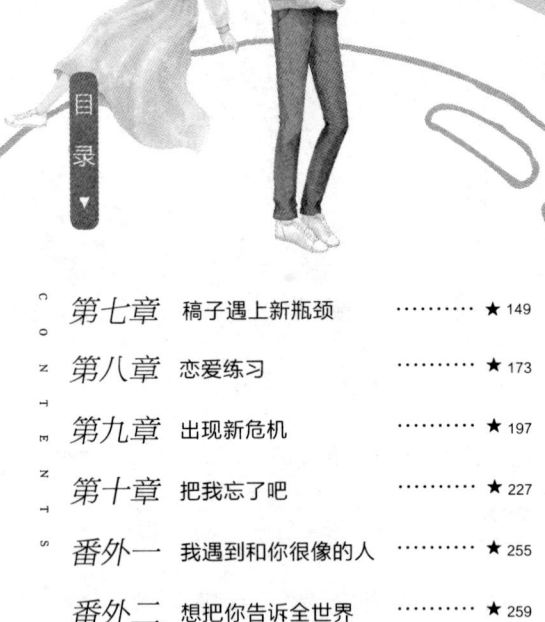

目录

CONTENTS

第七章　稿子遇上新瓶颈　……………★ 149

第八章　恋爱练习　　　　　……………★ 173

第九章　出现新危机　　　　……………★ 197

第十章　把我忘了吧　　　　……………★ 227

番外一　我遇到和你很像的人　………★ 255

番外二　想把你告诉全世界　…………★ 259

后　记　天使来做伴　　　　……………★ 263

第一章 她的专属精灵

1.

哪儿来的美人？

窗边逆着光的方向，风卷起落地窗帘，光影里透出一个模糊身影，单凭轮廓，陈束已经能够确定，对方一定是个美人。

是在做梦吧？她想，那还真是难得的美梦。

于是，陈束本来艰难睁开的眼睛再次闭上。

"你该起来写稿子了。"

陈束猛地弹坐起来，刚扬起的嘴角瞬间垮下去，她抓起身旁的枕头随手朝那边扔去，不满地骂道："梦里都不让人听点好听的。"

枕头被人稳稳接住，陈束微愣，却也没多在意，重新躺下，直到耳边又传来一句："编辑说过今天要交稿的。"

"能不能别吵！"陈束这次连眼睛都懒得睁开。

不对！

她猛地起身，盯着窗边的人，凝视了数秒后，才反应过来这不是做梦，她的房间真的多了一个人。

还是一个男人。

这次她总算看清楚了,眼前的男人留着一头亚麻色头发,微卷的刘海盖住额头,露出一双大眼,鼻梁高挺,薄唇上扬,看起来温良无害。

只是,她的房间怎么会多出一个男人?

莫非……遭贼了?

不知是哪儿来的力气,陈束以迅雷不及掩耳之势将被子往那人身上一罩,便是一顿拳打脚踢。

对方显然没料到陈束会来这一套,毫无防备地挨了顿揍,只得连连告饶:"哎,别打了,现在不是提倡爱与和平的吗?你就算不愿意回答我的问题,也不用这样吧?"

陈束撸着袖子将对方揍了一顿,累得直喘气,气势倒没弱下去。她掀开被子,抓着对方的衣领问道:"说,你怎么进我家的?"

那人被问得一蒙,赶忙解释:"我一直都在这儿啊。"

"还敢说谎。"陈束见对方完全被她掌控,底气更足了几分,"是觉得我一个单身弱女子好欺负,还是觉得我脑子不好?"

"不是,你误会了。"

"我误会了什么?你不就是觉得我打不过你,明着抢劫也没关系吗?!"

"我不是来抢劫的!"男人忽然加大音量,把陈束吓了一跳,她作势扬起拳头似要落下,吓得对方忙护住自己的头。

陈束审视着他,板着脸质问道:"那你说,你是谁,从哪儿来的,到我家来干什么?"

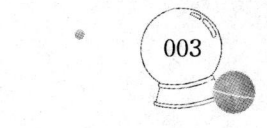

"我叫林初阳,是从那儿来的。"说着,他指向陈束的电脑。

"哈?"

林初阳点头,一脸真诚地说:"我其实是一个软件精灵,之前一直都待在你使用的那款码字软件里。"

陈束听完他的解释,神情凝滞了好久,欲言又止,最终还是忍不住问:"你这是看动漫把脑子看坏了?"

大抵怀疑对方是脑子出问题,陈束看他的眼神里,多了几分同情。可就算如此,也没有让她丧失理智。

"喂,110吗?我这抓了个小偷。"

趁林初阳不注意,陈束果决地掏出手机直接报警。

听说有小偷,派出所那边反应相当迅速,要了地址就立马安排出警。

"都说了我不是小偷。"林初阳没料到陈束会报警,再想阻止已来不及,只能更努力地解释,"我只是一个软件精灵,从你安装软件那天起,我就一直在你身边,和你一起完成你的梦想。"

"你怎么会知道我是干什么的?"

提起这个,林初阳脸上不自觉露出得意的神情,他扬了扬下巴,准备起身,结果被陈束的目光制止,只好继续缩在角落,语气却是自得:"别说你是干什么的,就连你文档里才一万字,情节卡在男女主角第二次见面,以及这次准备骗编辑说在修稿,文档很乱,我全都一清二楚。"

陈束气得又揍了他一拳:"是一万零八十五个字。"

"零头而已。"这并不重要,林初阳更在乎的是,"现在能证明我不是小偷了吧？"

"蹲好别动！"陈束恶狠狠地斥道，似乎被他那句"零头而已"给气到，脸整个垮下来，眼里似能放出冰刀子，随时能夺人性命。

林初阳意识到气氛骤变，自然不敢再有所动作，只能抿着唇委屈巴巴地乖乖蹲在墙角，不敢再多说一句。

警察来的时候，看见蹲在角落被揍得鼻青脸肿的林初阳，有些不确定地问陈束："这就是你说的小偷？"

把人揍成这样，陈束多少有些心虚，语气却十分坚定："没错，就是他，我一醒来就看见他在我房间鬼鬼祟祟的，要不是我当机立断将他制住，这会儿就该是我哭着给你们打电话了。"

陈束还是第一次进派出所，看上去比林初阳还要紧张，完全没有了在家时的气势，警察问什么她就答什么。

相比之下，林初阳要自如得多。

"警察先生，我真不是什么小偷，我如果是小偷的话，怎么可能会乖乖待在那儿，等你们来抓我呀？

"我怎么会出现在她家？我一睁开眼就在那儿了。看她半天不起床，就好心叫了她几声。结果她不领情，二话没说，就把我打了一顿。你看我这脸都成什么样了。

"什么？她说我脑子可能有问题？明明她不愿意听我解释，明明昨晚睡前还好好的，哪知道醒来就对我拳打脚踢。我现在真的好伤心的，警察先生，你们能理解我现在的心情吗？我感觉自己遭受了背叛。"

不远处的陈束实在听不下去，郁闷地冲过去，直接拎起林初阳

的衣领,威胁道:"你再乱说,别怪我揍你一顿!"

林初阳睁着一双大眼,泪汪汪地望着陈束:"我没有乱说。"语气委屈极了。

警察调看了小区的监控视频,没发现任何有关林初阳的片段,陈束的房间也没任何强行入室的痕迹,这个人真像是凭空出现在了房间里。

经过再三确认,确定林初阳不是陈束口中的小偷后,又念在他没做过任何伤害陈束的事情,警察对林初阳教育了一番,便放两人离开了。

走之前,陈束想到什么,随手在派出所门口拍了张自拍,与此同时,编辑也准时上线找她。

"阿束,今天该交稿子了哦。"

陈束玩手机的手一抖,忙稳定心神,迅速打了一排字:"粟老师,我现在在外面有点事,一会儿回去马上把稿子发你。"

"你这个点在外面?"粟衿显然不相信。

陈束难得理直气壮,直接给粟衿打了个视频电话过去。电话一接通,她就率先开口:"粟老师,你看,我真的在外面。"说着,将镜头转向一旁"某某派出所"几个大字上。

粟衿不愧是专业编辑,一眼就抓到画面重点:"你大早上去派出所干什么?"

"那个……"陈束有些为难地顿了顿,故意装出一副云淡风轻的模样,"就今早醒来,发现家里进了个小偷,这会儿正配合警察做调查呢。我一会儿做完笔录马上就赶回去,你放心。"

粟衿听完，担忧地问："那你没事吧？"

"我、我还好，没什么事。"

以为陈束在逞强，粟衿免不得多叮嘱了几句："你一个人住千万要谨慎些，有事你就先忙，稿子的事不急。"

"行，那粟老师你先忙，稿子我一定会尽快发过去的。"

说完，陈束火速地挂断电话，拍着胸口长舒了口气，随后窃喜地笑了笑，暗叹自己机智。

手机振动了一下，提示有消息进来。陈束打开一看，原来是粟衿给她发了个红包，说是让她买杯奶茶，压压惊。

陈束敲了一大段字发过去，又是感谢又是忏悔，才算勉强心安地点了领取。

林初阳像是铁定了心要跟着陈束，但惧于陈束的拳头，又不敢上前搭话，只能怯生生跟了一路。最后，还是陈束耐不住，愤怒转身，作势又要揍他。

这次他倒是机灵，直接往后退了一大步，解释："我真的没有恶意。"

"你跟着我干什么？"

"这个世界上，我就认识你，不跟着你，我也不知道去哪儿。"

"还说！"陈束作势扬了扬手，可看到对方脸上的伤，又不忍心，只能板着脸警告，"不要跟着我了。"

林初阳咬了咬唇，有些为难："那我就没地方去了。"

"跟着我你也没地方去！"

"可是，作为你的精灵，我一直都是片刻不离地守在你身边，

虽然我现在是人类形态,很多地方不方便,但是……"

大概是见陈束态度有所缓和,他也变得唠叨起来,不厌其烦地又解释了一遍自己的身份。大体意思,陈束算是听出来了,反正就是赖上她了。

"你站远点!"

进门前,陈束回头没好气地瞪着林初阳,在对方没反应过来的时候,动作敏捷地开门进去,然后将他关在了外面。

哼,想赖上她,没门!

她回到家后,仔细巡视了一番,排除一切安全隐患,依旧没弄懂林初阳到底是怎么进入她房间的。

精灵?

想到这里,陈束不屑地轻嗤一声,当她傻啊。

2.

陈束自诩算是见过大风大浪的人,从派出所回来,她像往常一样,打开电视,去冰箱翻出两片吐司,就着酸奶,算是解决了迟到的早餐。

在沙发上躺了会儿,陈束开始犯困,于是随手将一旁的薄毯往身上一盖,直接睡了过去。至于同粟衿说一回来就发稿子的事,早被她抛在了脑后。

再醒来,已经是下午一点,她迷迷糊糊地拿起手机一看,好几十条消息,全都来自一个人。

"易点点,你疯了?"

不等看完消息,陈束便率先回复。

那边回得相当快,没多久,手机便提示有一条新消息进来:"你看完再跟我说话。"

事实上,今天早上陈束刚和粟衿通完电话,粟衿就以陈束为例告知了手下一批独居女作者,一个人住的时候,千万要注意安全,睡前一定要关好门窗。

"粟老师还是一如既往好得让人头疼。"

陈束懒散地躺在沙发上,稍稍翻了个身,拖了个抱枕过来,趴在上面。

易点点发了个窃喜的表情过来:"这难道不是你新编的拖稿理由?不错啊,别出心裁。"

陈束无奈地回道:"这次是真的,我虽然确实是没能交上稿子,但我也是真的遇到入室偷窃了。"

"什么,那你——"

"我没事。"

"电脑没事吧?你家也就它值点钱。"

"易点点,你能不能一次性把话说完!"

那边回了一个不好意思的表情,解释:"抱歉,手滑了下。"

"我就不值得你慰问一下吗?"

"你有什么好慰问的,能拿它当借口拖稿,就说明你半点问题都没有。"

易点点和陈束又不是第一天认识,对彼此的脾气秉性,算是摸了个门清,那些小心思,能够瞒得过其他人,唯独瞒不过彼此。

陈束庆幸道:"幸好我的编辑不是你。"

"我不介意现在向粟老师报告一下。"

"我也不介意现在揍你!"

和易点点聊完,陈束点了个外卖。等外卖的时间,她终于打开电脑,点开文档正准备写稿,想到要查点资料,结果却一直停留在微博页面。

外卖到了,陈束才终于关掉网页。

因为就是楼下的店,外卖小哥早就和陈束认识,免不得要寒暄两句。聊天的时候,外卖小哥想起什么,顺口多提了一句:"你们楼下有个帅哥,被人揍得鼻青脸肿,在那儿晃悠,也不知道怎么回事。"

陈束一听就猜到是谁,这会儿却故意装傻:"是吗?我才刚醒,是发生什么事了吗?"

外卖小哥好心提醒她:"上午好像还看到有警察来你们小区,你一个女孩子,多注意点。"

"谢谢,我会注意的。"

门一关,陈束立马收起笑容,郁闷道:"怎么还没走?"

无事可做的时间,总是过得很快。

陈束吃完外卖,打开文档,写了几百个字,并不满意,只好回头去改。哪知刚刚写的那点字被删掉不说,连之前在林初阳面前强调的八十五的零头都没了。

她看了一眼文档的字数,一气之下,干脆把电脑给关了,躺着玩了会儿手机,一天就结束了。

陈束躺在沙发上思索了一会儿,最后决定早点洗漱睡觉,明天早起，好好写稿。

第二天，陈束是被快递电话给吵醒的。

她随意套了件外套，穿着睡衣就去了楼下。取完快递，路过小区凉亭时，她意外地停下脚步。

凉亭靠近小区后门，总是会有流浪猫狗溜进来觅食，陈束偶尔见着它们会去买点东西投喂。不过今天，她是被别的事情吸引驻足。

林初阳脸上的伤已经好了些，他坐在椅子上，手有一下没一下地摸着身旁的流浪狗，嘴里念念有词。

"大黄啊。"

应该是他顺口取的名字，还真随便，陈束腹诽。

"主人不要你了吗？好巧，我也是。你说她怎么就不相信我的话呢？我真的是想来帮她的，她竟然没看出我的好心。"

这时候，林初阳的肚子不合时宜地发出一阵声响。他低头看了一眼自己的肚子，重重地叹了口气，问大黄："你饿了吗？我也饿了，可是我连自己的肚子都填不饱，也不能给你买吃的。你说，我到底要怎么做才能让她相信我呢？早知道昨天就该牢牢跟着她的，要不我再去跟她解释一下？"

说到这里，林初阳停顿了一下，随即摇头："算了，她肯定不会相信我说的。不知道她有没有认真写稿，编辑那边怕是又要来催她了。唉，大黄，现在看来我们俩只能在这儿相依为命了，反正你没人要，我也没人要，凑一凑，还能互相取暖。"

陈束站在一旁，听着林初阳啰啰唆唆说了一大通，忍不住骂了一句："废话真多。"最后却还是朝林初阳走去。

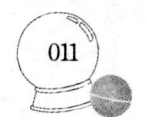

　　林初阳说的那些，陈束始终没办法相信，哪怕她自己写书，也看过不少天马行空的故事，但故事归故事，现实和想象，她还是分得清的。

　　眼前这个人，出现得奇怪，说的话奇怪，连行为举止都令人费解。

　　但，陈束能够确定一点，他人并不坏。

　　"你怎么还在这儿？"陈束没好气地问。

　　林初阳转头见是陈束，神情立马变得雀跃，连说话的语调都轻快起来："你来了！"可情绪很快又低落下去，"我没有别的地方可以去。"

　　"那你说，你为什么非要跟着我？"

　　"我是你当初购买软件时特别附赠的专属精灵，专属于你，除非你卸载软件，或者放弃了你的梦想，不再创作，不然，我就一直会在你身边。"

　　"看来就是脑子不好。"陈束瞪了他一眼，还是谨慎地问他，"你真没地方可以去了？"

　　林初阳抿着唇，委屈地点了点头，眼睛睁得大大的，和他身旁那只流浪狗一模一样。

　　"你真没地方去了？"

　　陈束又问了一遍。

　　"所以，你不打算要我了吗？"

　　陈束被他看得竟有些心虚，稍稍镇定过后，她板着脸反驳："别说得好像是我扔了你似的。"

　　"可你就是不要我了。"

"不是！"陈束严肃地重申，"我根本就不认识你，有什么要不要的，我现在是看你可怜才过来的。"

林初阳面带微笑地起身，礼貌地伸出手："你好，再做下介绍，我叫林初阳，很高兴为你服务。"

陈束蛮不情愿地用快递碰了碰他的手，勉强一笑："不客气，我叫陈束。"

"我知道。"

"你在炫耀什么！"

陈束一记冷眼看过去，瞪得林初阳怯生生地退回到大黄身边。

她在凉亭找了个位置坐下，无比严肃地盯着林初阳，拷问道："先说你到底是怎么进我房间的！"

林初阳回想了一下当时的情景，认真地说："我一睁开眼就在你房间，本来是打算叫醒你，让你起来写稿的，结果你醒了后，直接把我打了一顿。"说着，他摸了摸脸上的伤口，似乎仍能体会当时的疼痛。

"真不是翻墙入室？"

林初阳提醒她："你家在十五楼。"

"那……撬锁？"

"我要是会那个，至于在楼下冻一个晚上吗？"说起这个，林初阳似乎怨气不小，连说话的音量都提高了几分。

陈束心虚地笑了笑，拨弄了下头发，低声反驳："又不是我让你在楼下冻一晚上的。"

她换了个姿势，跷着二郎腿，略带痞气地继续问他："那你为什么非要赖上我？"

林初阳明显因为这句话很不高兴，嘟着嘴替自己辩解："怎么会是赖上你呢？我会出现，还不是为了督促你好好写稿。"

"没有别的不良动机？"陈束半眯起眼睛审视着他。

林初阳摇头。

经过了大约半分钟的心理活动之后，陈束最终还是不忍看着林初阳顶着这么好看的一张脸露宿街头。

"那走吧！"

"所以，你真的同意让我住进你家？"

"那你是相信我说的了吗？"

似乎是之前陈束对林初阳的态度太差，当她同意林初阳跟她一块上楼时，对方惊讶又不确定地问了一路。

最后，陈束被他问烦了，在进门前，咬牙切齿地回道："你再废话一句，我现在就把那些话收回去。"

林初阳吓得忙捂住嘴，连连摇头。

为什么会同意林初阳住进来，陈束其实也说不出缘由，大概是他那张实在是太过好看的脸，或者是那双澄澈清明的眼，抑或是因为他看上去不像个坏人。

陈束最后给自己的答案是：她太善良了。

让林初阳住进来，陈束也不是毫无要求，比如当林初阳刚踏进房门，她就严肃地声明："不准随便进我的房间！"

她可不想清早一睁眼，就看见床边站着一个男人在盯着自己。

很快，陈束又提出第二点要求："不准随便丢我用过的纸。"

因为上面可能有她偶尔灵感一闪而过的记录，虽然后续用上的可能性很小。

至于不准随便动她的东西、不准偷她的咖啡、不准在家里制造噪音、不准突然出现之类的要求，陈束林林总总说了不少，尽量让自己显得像个严苛的房主，好让对方受不了马上离开。

林初阳这会儿倒是听话得很，端正坐在沙发上，面带微笑，不管陈束说什么，他全都点头答应。

说到最后，陈束大概也觉得自己的要求好像有点多，忍不住问道："你没什么要说的？"

林初阳灿烂地笑起来，露出一口大白牙："谢谢你。"

陈束表情僵住，解释："不是这句。"

"我会尽心尽力，督促你写稿的。"

陈束脸上的表情更不好了，不耐烦地摆了摆手："你还是什么都不要说了。"

林初阳果真如他答应的那般，一整天就待在沙发上一动不动，直到陈束从房间出来准备叫外卖，发现他竟然还端坐在沙发上。

"你不累吗？"陈束惊讶地问。

"累。"林初阳点头，尝试小弧度地让自己稍微动一下。

"那你干吗一直坐着不动？"

林初阳轻咬着下唇，委屈道："可是你说不准弄脏房间地板，不准随便动家里的东西，不准在家里随意走动，不准……"

"行了，行了！"陈束不耐烦地打断，"你爱干什么就干什么吧，除了不准乱动茶几上的东西，不准不打招呼就出现在我房间。"

林初阳瞬间笑开，壮着胆子问道："那我可以看着你写稿吗？"

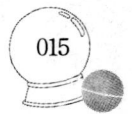

"不准！"

"可是我来就是为了……督促你写稿的。"

"看电视吗？"林初阳话没说完，陈束急忙打断他，顺手替他打开电视，将遥控器交到他手上，十分热情地笑着表示，"你先看会儿电视，我点个外卖就去写稿。"

陈束提交外卖订单前，忽然想起什么，转头问林初阳："你们精灵需要吃东西吗？"

虽然对于林初阳是精灵的设定，陈束依然觉得像是扯淡，但既然对方坚持，她就暂时先接受吧。

"需要的。"林初阳闻言，忙点着头，还不忘提出要求，"可不可以点昨天那个，昨天他送过来的时候，我闻了一路，实在太香了。"

他说的应该是昨天中午那份麻辣烫，陈束虽然很不情愿，却还是替他下了单，嘴上不忘反问："精灵难道不应该只吃花瓣、喝露水吗？"

林初阳得意地抖了抖腿："因为我是不一样的精灵啊。"

"我——"

陈束受不了了，作势要拿手机砸他。

林初阳敏捷地往旁边一躲，卖萌告饶。

易点点听说陈束竟然收留了林初阳，别提有多惊讶，立马打电话过来追问。

"什么，你就这样让他住进了你家？"

"我看他好像是真的没地方去,还被我打成了那样,而且他也不像什么坏人。"

"坏人脸上会写着'坏人'两个字吗?"

"那他不也没做伤害我的事情嘛。何况他说的那些话,其实也不是那么不可信,至少他真知道我的文档字数。"

易点点没好气地说:"我也知道你的文档字数。"

"你是好人呀。"陈束甜甜地说。

"别别别,别拿我跟他相提并论。"易点点忙否认,却还是有些不放心地问她,"要不要我过来一趟?"

陈束看了一眼边吃麻辣烫边看无脑家庭伦理片的林初阳,拒绝道:"不用了吧,我倒要看看他到底想做什么。"

"等你看到,就晚了。"

"不会的。"

"我看你就是被他那张脸给冲昏了头。"

易点点恨铁不成钢地骂道,却也没再坚持要过来。她知道陈束绝对不会置自己于危险境地,何况她现在就算过去,恐怕也不能改变什么。

只是在挂电话前,她多提了一嘴:"注意安全。"

陈束笑着道了声谢,在易点点骂她矫情之前,挂断了电话。

3.

被敲门声吵醒的清晨,陈束的愤怒值瞬间飙到顶点。

"你最好给我个合适的理由,否则我现在就把你从十五楼扔下去!"

早上七点，林初阳准时出现在陈束房间门口，以固定频率开始敲她的房门。陈束想，要不是她明令禁止他进入自己房间，这会儿她该被他从被窝里拖出来了。

陈束打开房门，林初阳往后躲了躲，尽量保持镇定地说："你该起来写稿了。"

"揍你啊！"陈束说着扬了扬拳头，转身回房，留下一句，"等我睡醒再说。"

"不行！"

林初阳下意识伸手去拉她，结果不小心将陈束本就宽松的睡衣拉下大半，半边肩膀裸露出来。

事情发生得太突然，陈束回头的动作顿住，一脸震惊地望着林初阳。而林初阳显然也没料到会发生这种意外，抓着她衣服的手一时也不知该怎么办，目光下意识地落在她裸露在外的肌肤上。

"林初阳！"

陈束一巴掌直接落在林初阳脸上。

林初阳吃痛地反应过来，连忙松手，背过身解释："我不是故意的，我刚刚只是想……"

"滚！"陈束又羞又恼，不想再听林初阳多说一句，直接摔上门。

她靠着门，摸了摸自己羞红滚烫的脸，明知道刚才那一幕只是意外，心跳却不自觉地加快。

他到底看了多少，不会看完了吧？想死啊，她气得重重地踢了两下门，郁闷地低声爆了句粗口。

果然，当初心软让他住进来，就是在给自己找麻烦。

闹了这么一出，陈束自然没了睡意，换了一套衣服，刻意避开林初阳，迅速钻进洗手间。

实际上，林初阳现在也好不到哪儿去，事情发生得太突然，他根本来不及做出任何反应，被陈束打了一巴掌不说，他现在怀疑，陈束马上就要将他赶出去。

怀着这样忐忑的心情，林初阳表现得相当听话，乖乖坐在沙发一角，时不时瞄一眼洗手间的方向，看上去十分不安。

陈束在洗手间反复做了无数遍心理建设之后，为了不让两人都尴尬，只能当作无事发生。

她从洗手间出来，像往常一样去冰箱翻出早餐，在沙发上坐下，打开电视。

林初阳摸不清陈束的想法，反复掂量过后，决定先道歉。

书里说，当男生摸不清女生为什么闹情绪的时候，率先认错绝对不会出错。

"刚才的事情是个意外，我以后会注意的，只要你不赶我走，我会找其他办法——"

"以后不准大早上去敲我的门。"陈束打断了他的话。

林初阳连忙点头，随即又问："那你会自己起来吗？"

"不会。"陈束想也没想地答道，她又不傻，干吗要放弃睡懒觉的机会，起来被他盯着写稿？

"那不行。"林初阳意外地反驳。

陈束飞了一记眼刀过去，林初阳赶紧往旁边挪了挪，可怜巴巴地小声解释："我来这里就是为了督促你好好写稿，你不起来的话，我来这里就没有意义了。"

"我又没求着你来。"陈束没好气地说。

林初阳戳穿她:"可那样你会交不上稿子,还得每天绞尽脑汁变着花样地糊弄编辑,甚至被读者质疑。"

"要你说!"陈束抬手作势又要揍他。

林初阳不敢和陈束硬碰硬,坐在角落里郁闷着不再说话。就在陈束以为他已经妥协的时候,他突然朝她扑过来。

林初阳抱住陈束的胳膊,耷拉着脸,委屈巴巴地求道:"束束,求你了,你就认真写稿吧。我答应你,只要你不拖稿,我马上就走,好不好嘛……"

陈束吓了一跳,转头看着在自己肩上蹭了又蹭的林初阳,错愕又无奈。要不是林初阳这张脸长得还算不错,她的拳头估计早就忍不住挥过去了。

她奋力地想将自己的手给抽出来,失败后,只好忍着脾气,咬牙切齿地说:"你可不可以坐好,好好说话。"

"不要,除非你答应我,以后每天准时七点起来写稿。"

"你为什么非要逼我写稿?"

林初阳松开陈束,一本正经地解释道:"因为我的职责除了维护软件,就是陪你完成梦想,当然不能看着你一步步往岔路上走。你现在最大的问题就是拖稿,我必须帮你改掉这个坏习惯。"

陈束假笑一声:"你们精灵都这么闲吗?"

"才不是,我们要做的事情可多了,光维持和使用者之间的良性发展关系,就是一件十分琐碎又复杂的事情。不仅如此,我们还需要日夜不休地坚守岗位,以便你随时需要。"

"那你现在变成人,我的软件怎么办?"

林初阳得意地扬了扬手:"放心,我来之前已经做好了万全准备,确保我离开的这段时间,软件不会出半点问题。何况你现在最大的问题就是拖稿,只要把这个坏习惯改了,我就立马回去,不耽误事。"

"你什么时候回去?"

陈束终于问出了她最关心的问题。

既然林初阳说得头头是道,她就暂且相信他说的那些天方夜谭,只是,她更关心什么时候能把他送走。

"这个……"林初阳忽然为难起来,欲言又止了好半天,最后,整个人像是泄了气的皮球,往沙发上一躺,"照目前的情况来看,我恐怕是回不去了。"

"哈?"

林初阳郁闷地揉了揉头发,长叹了口气:"因为,精神力不够。"

陈束听得云里雾里:"什么精神力,你们精灵的变形通道还是单向的,变成人容易,回去还得先修炼?"

"不是的。"林初阳气鼓鼓地解释,"我们不管以什么形态存活,都是需要精神力的,而精神力来源就是你的作品,也就是说,你写得越快,作品质量越好,我的精神力就越多,那么能够做的事情也就越多。这也会给你反馈,让你写稿更加顺畅。相反,你写稿的进度一再拖延,稿子质量也没进步,我没有足够的精神力可用,最后就什么都不能做了。"

这下陈束总算理解了。

她恍然大悟地点了点头,嫌弃道:"所以,你就是没有力气回去了呗?"

林初阳缓慢地将脸转向别处，不情不愿地回答："差、差不多可以这么理解。"虽然他很想否认，但陈束说得没错。

　　"那你为什么非要变成人来找我，你不出来不就没事了？"

　　林初阳一本正经地表示："还不是因为你稿子写得越来越烂，交稿日期一拖再拖，再这样继续下去，你可能会因此不再写稿，可你又不会做别的，我这么善良，当然不能看着你一步步走向灭亡。"

　　陈束反问："所以你就干脆住在我家，还要我养你？"

　　"才不是，我是为了能够时时刻刻监督你写稿子才来的。你有多能拖稿你自己又不是不清楚，那我只能牺牲自己，从生活的点滴入手，保证让你痛改前非，重新做人。"

　　陈束冷笑一声："说得倒好听，明明就是不知道怎么回去，又没有地方可去，才赖着我不走的。"

　　林初阳气得直跺脚："你这是污蔑！"

　　陈束理直气壮地扬起下巴，故意道："怎样，有本事就从我家走啊。"

　　陈束到底是受不了林初阳用那双清澈又无辜的眼睛望着她，尤其是他还用那温柔的嗓音，一遍又一遍不厌其烦地装可怜。

　　那张好看的脸，配上真诚渴求的目光，他再放软姿态，谁顶得住？

　　最后，她只好在林初阳的哀求中，关了电视，打开电脑，准备码字。

　　为了防止自己分心，她特意准备了一杯热水，选了一个舒缓的歌单，戴上耳机，点开文档，然后……

她看着自己的文档，手下意识地摸了摸下巴，眉毛便不自觉地皱成了一团。随后，她点开故事大纲，仔仔细细地从头看了一遍，十分不满意，最后手往键盘上一放，准备修改。

了解她意图的林初阳立即出声阻止："陈束，你不会又想改稿子吧。"

"不改的话，写不下去。"

林初阳无奈地敲了敲电脑屏幕："可是这点东西，你从开始写到现在，已经大改三次小改无数，情节变了又变，好不容易有这么点字，你就不能先往下写？"

被林初阳这么一说，陈束气急败坏地将电脑往前一推，没好气道："不写了。"

林初阳立马变了脸色，放低姿态求道："你都答应了我的。"

"不写。"

"陈束……"

陈束心一下就软下来，伸手重新拿过电脑，将林初阳推开，语气仍是不好："一边玩去，再指手画脚，小心我直接把软件给删了。"

"不行，我得在旁边监督你。"

"那就闭嘴。"

"哦。"林初阳不情愿地撇了撇嘴，默默坐在一旁，终是不敢再多说一句。

要说拖稿，陈束也并非有意这样。

只是刚签公司那段时间她被一些商业利益冲昏了头，钱是拿到了不少，但作品却大不如前，到后来想要好好写稿子，却发现脑袋总是充斥着许多混乱的声音，让她根本静不下心来。

她也不是不想写稿，可写出来的东西总是存在太多不足，至于到底是哪不足，她又说不出来。

这个情况，她早和粟衿聊过，粟衿给的意见是让她先不想那么多，把剧情顺完。可就算只是顺剧情，陈束也写得很艰难。

渐渐地，读者中开始传出一些议论，说她江郎才尽、黔驴技穷。

陈束对此多少有些在意，这也导致她在后来写稿的时候，开始有所顾虑，束手束脚，总担心自己写得不够好，对不起那些特意来买她书的读者。

粟衿说，她写稿子的欲望已经不如以前纯粹，这一点，她比谁都清楚。

她何尝不怀念那段时光，好像一坐在电脑前，脑海里就能清晰地浮现出故事的整个脉络，而把它们写出来的每一刻，都是幸福又愉快的。

现在，她就算答应林初阳要好好写，可坐在电脑前，看着文档里的那些字，就无故生出一种无力感来。

很快，陈束的思绪便不受控制，不知飘向何处。

林初阳很快就发现了她的走神。

"陈束！"他弯腰偏过头，整张脸挡在显示屏前，"你发什么呆？"

陈束被他吓了一跳，下意识地揍了他一拳，拍着胸脯，怒道："林初阳，你有事吗？"

林初阳无辜地耸了耸肩，指着电脑："你一个字都还没写。"

"这不是写不出来嘛。"陈束瞪了他一眼，郁闷地说，"我要是写得出来,至于天天欠稿吗?"

她说的是实话,林初阳无奈地撇了撇嘴,没继续说什么,安静地回到位置上,宛如监考老师。

这一天,陈束什么事都没做,就这么被林初阳盯着在电脑面前坐了一整天,就算这样,她大部分的时间还是在发呆,写出来的字,还不够林初阳看五分钟。

"陈束,你是不是背着我偷偷做别的事了?"

林初阳看着文档,不敢相信这是陈束老老实实地坐在这儿写了一天的成果。

陈束恼羞成怒,将笔记本电脑猛地合上,气急败坏道:"我一天能写多少字,你又不是不知道,而且你在这儿盯了一天,我干没干别的事,你看不见啊。"

"所以我才觉得奇怪。"

陈束顺手在桌上拿起一本书,砸向林初阳的头:"奇怪个鬼。"

"你不能自暴自弃啊。"

"难不成还得自怨自艾?"

陈束颓废地躺在沙发上,拿回被林初阳扣了一天的手机,先是回了易点点的消息,又火速点开外卖软件,挑挑拣拣选了半天,还不忘记问林初阳要吃什么。

林初阳本来还耷拉下去的脸瞬间笑开,凑到陈束身边,就着她的手直接看菜单,纠结了半天,最后还是选择麻辣烫。

"你就不能换个口味?"陈束嫌弃道。

自林初阳住进她家,几乎顿顿都在吃麻辣烫,她有点怀疑,林

初阳是不是只知道麻辣烫。

　　林初阳摇头："不能，何况我有换新的菜式啊。"

　　如果把豆芽换成了金针菇也算的话，那她真是无力反驳。

　　外卖一来，林初阳跑得比谁都快，一把从外卖小哥手里接过麻辣烫，就跑向餐厅。

　　陈束看他兴高采烈地拆开外卖，一脸嫌弃，一份麻辣烫都能让他开心成这样，还真容易满足。

　　"林初阳，我要是什么都写不出了，你会死吗？"

　　吃饭的时候，陈束忽然想到这里，遂随口问道。

　　林初阳拿筷子的手明显一顿，抬起头看向陈束，半天没说话。

　　许久没得到回应，陈束疑惑地转头，正好对上林初阳愁闷的目光，她不由得皱起眉，惊讶道："不是吧，真会死？"

　　林初阳点了点头，情绪低落道："原来你知道啊。"

　　"真的？"

　　林初阳看着她，忽然"扑哧"轻笑一声，伸手弹了下她的额头："所以你一定要好好写稿知道吗？我要是因为你拖稿而死掉的话，你就是间接残害了一个弱小生命。"

　　陈束吃痛地捂住额头，后知后觉发现自己被耍了，生气地踢了林初阳一脚："你明天最好别来求着我写稿。"

　　林初阳疼得从椅子上弹起来，整张脸皱成一团，委屈地埋怨："你下手也太重了点吧。"

　　陈束冲他做了个鬼脸："你先骗我的。"

　　林初阳自认争不过陈束，不满地闷声嘀咕："难怪书里说，千万别招惹女人,尤其是单身二十几年的女人。"

"你——"陈束拿起桌上的空玻璃杯作势朝他砸去。

林初阳忙端起自己的麻辣烫往茶几那边逃去。

半响,陈束越发觉得林初阳那些话有些耳熟,想了半天,终于记起来,可不就是她书里写的。

"林初阳!"陈束生气地将筷子往餐桌一拍,怒吼道,"谁允许你偷看我的小说。"

"咳!"林初阳嘴里塞满了东西,被她一吓,辛辣的汤汁直接呛进气管,火辣辣的,眼泪都给呛了出来。

他猛喝了好几口水,才总算缓和下来,愤懑地看着陈束:"你的书写出来不就是给大家看的,我怎么就不能看了?"

"因为——"

书写出来就是给大家看的,道理是没错,可她听到书里的台词会尴尬啊,尤其说那台词还是男主和女主在床上说的。

陈束一时不知道该怎么反驳,伸手摸了摸后颈,将脸转向一边,道:"反正你就是不能看。"

"陈束,你怎么这么小气?"林初阳很不开心地嘟起嘴。

陈束不理他,整理餐桌的动作相当大,弄出的声响足够说明她此刻的情绪。

收拾完,她看也不看林初阳一眼,只留了一句:"一会儿记得把垃圾拿下去扔了。"就进了房间。

林初阳坐在地毯上,看着陈束离开的背影,郁闷地抓了抓头发,小声嘀咕道:"写的书有人看不是应该开心吗,怎么还生起气来了呢?"

第二章 监督赶稿进行时

1.

因为林初阳的到来，陈束彻底失去了睡懒觉的资格，连她那点少之又少的爱好，也被林初阳一再控制。

起先，林初阳还不知道陈束偶尔会打游戏打到很晚，直到某一夜，他半夜醒来喝水，路过陈束房间，听到里面竟然还有声响，这才知道。

次日一早，陈束顶着乱糟糟的头发走出房间，就看见林初阳端坐在沙发上，神情十分严肃。

"怎么了？"陈束一边刷着牙，一边含糊地开口。

林初阳看着她，没说话。这模样反倒让陈束更加摸不清情况，她自觉无趣地耸了耸肩，转身回了洗手间。

大抵是看出林初阳心情不好，陈束收拾完，拿了一个苹果便十分自觉地去了电脑前。

而这时，沉默了一早上的林初阳终于开口了。

他说:"陈束,你就使劲给我装吧。"语气里满满的嘲讽。

装?装什么?

陈束被他说得一脸蒙,想了半天硬是想不出自己到底哪里惹他了。

一大清早被他甩脸色弄得莫名其妙,这会儿他又说这样的话,弄得陈束也火大起来。

"林初阳,大早上,你干吗呢?"

林初阳意外地没有被她糊弄住,脸色反而越发沉下去。他瞪着陈束:"白天要你写稿,你就说写不出来,不是犯困就是发呆,晚上打游戏怎么就这么有精神?"

"我、我晚上打什么游戏了?"

陈束下意识地反驳,语气却渐渐弱下去。昨晚她确实为了赶在最后关头上段,多玩了一会儿。

"还敢狡辩。"林初阳斥道,"昨晚我睡一觉起来,你房间还灯火通明,比白天热闹多了。"

"这个……"陈束摸了摸鼻子,心虚地看向别处,深吸了口气,随即讨好地凑到林初阳身边,"这个我可以解释的。"

林初阳嫌弃地往旁边挪了挪,冷着脸说:"我不想听,我算是看透你了,白天说要写稿都是装模作样给我看的,你从头到尾就是在糊弄我。"

陈束被林初阳说得抬不起头,却还是忍不住小声地嘀咕:"我白天写了一天,晚上还不能休息娱乐一下啊。"

这话被林初阳听见,气得他直接拿起抱枕朝陈束砸去:"你好意思说写了一天?"

"写不出来又不是我的错。"

"那是我的错?"林初阳反问。

陈束自知理亏。这段时间,她天天被林初阳盯着写稿,可文档的字数还是不见增加,现在林初阳知道她大半夜居然还打游戏,他会生气,她也能理解。

"对不起。"虽不情愿,陈束却还是率先道歉。

不料林初阳根本不领情,反而板着脸要求道:"以后电子产品不准带进房间。"

"凭什么?"陈束反应极大地从沙发蹦起来,"你这是非法限制我的人身自由。"

林初阳望着她,半天不说话,最后闷闷地说:"我不这样做,你能控制住自己吗?明明答应了我要好好写稿,我那么单纯地相信了你,可你居然背着我大半夜玩游戏。"

他这副样子,落在陈束眼里,别提多可怜,像只受了欺骗的小狗,耷拉着耳朵,委屈巴巴地控诉她。

陈束的心瞬间软了下来,她不情愿地蹬了蹬腿,最终还是答应下来:"好了好了,不带进去,从今晚开始,我准时睡觉行了吧?"

见目的达到,林初阳没再为难陈束,却依旧端着架子:"你最好说到做到。"

陈束白了他一眼,不想理他。

林初阳见她坐在那儿半天没动静,不满地出声提醒:"你怎么还不去写稿?"

陈束正在为自己消逝的娱乐生活默哀,听见林初阳催她,气得直接踹了他一脚:"你再催一下试试。"

虽然很不情愿，但陈束最终还是坐在了电脑前。

她现在基本没了任何娱乐活动，为了防止她偷偷摸鱼，林初阳甚至还限制了网速，手段残忍至极。

"林初阳……"

陈束写了会儿稿，忽然转过身，软绵绵地开口。

林初阳警惕地皱起眉头："干吗？"

陈束讨好地笑着，滑着椅子，凑到林初阳跟前："你在我后面坐着我紧张。"

"不在这儿坐着我不放心。"

"收我手机，限我网速，你还有什么不放心的？"陈束愤懑不已，想到林初阳吃软不吃硬，只好耐着性子，再次开口，"我保证，一定好好写稿，你看你难得来人类世界一趟，总不能都耗在这里吧？这个世界有那么好玩的事情，你应该好好体验一下。"

"我本来就是为你而来的。"林初阳真诚地看着陈束。

还真是顽固。

陈束暗叹，只能继续劝说道："你要是觉得我一个人在家不放心的话，那你就待在家里。我呢，在这儿码字，然后你呢，在沙发上舒舒服服地坐着，做什么都可以，只要不这样坐在我身后，好不好？"

说着，不等林初阳开口，她顺手在书架上拿了两本书塞进对方怀里："这些书很好看的，你一定会喜欢。"

"我不用……"

"你要是觉得看书无聊，也可以看别的。"陈束将桌上的平板电脑也塞给了林初阳,"这个也给你,你想看什么都可以。"

林初阳看着怀里的东西,一脸无奈。陈束趁热打铁,直接将他拖到沙发旁。

"好了,你就在这儿好好玩,我认真写稿去了。"

林初阳起身欲追上陈束,拒绝她的提议。陈束转过身,严肃地表示:"不准过来,你会打扰我写稿的。"

她这样反倒让林初阳意识到自己是不是真的将陈束逼得太紧了,迈出去的脚步不得不又收了回来,只是不放心地表示:"那你可不许偷懒啊。"

见陈束点头应下,林初阳这才安心地抱着平板电脑去了沙发上。

"陈束,你的稿子怎么还是写得这么慢?"

就算陈束已经将林初阳从自己身后赶到了沙发上,林初阳的催促也不会变少,总是时不时来敲打她一下。

关于稿子进度,陈束也很头疼,明明每天坐在电脑前,可字数就是不见涨。

她不耐烦地又删了一大段,才转头去看林初阳:"我难道不想写多一点吗?它就这么多,我有什么办法。"

林初阳被她气到,叼着棒棒糖,拿起桌上的本子砸了一下她的头:"你的稿子,你没办法谁有办法?"

陈束吃痛地摸了摸头顶,无辜地瞪着林初阳。

"林初阳,你真的回不去吗?"

天天被逼着写稿子,却又写不出来,陈束的精神受着双重折磨,这会儿再听他的唠叨,别提多烦了。

"别以为摆脱了我就可以不用写稿。"

陈束没好气道:"我只是不想看见你。"

林初阳的脸瞬间垮下去,撇了撇嘴,似要哭出来,控诉道:"我不惜突破界限来到这里,就是为了帮你改掉拖稿的坏习惯。你也知道这不是一朝一夕的事情,可你现在竟然要赶我走,真是太让人伤心了。"

陈束不满地轻嗤一声:"你天天跟看犯人一样,也没见你帮了我什么。"

"我这是在监督你。"

"明明是为了让自己活命。"

"那你要见死不救吗?"

陈束想起什么,严肃地板起脸,警告林初阳:"你要是还这么多话的话,我就一个字都不写,直接让你消失!"

"那样你也会从这个行业消失的。"林初阳格外平静地告诉她。

"这个……"陈束为难地拨弄了下头发,最后气鼓鼓地表示,"反正,你要是再这么啰唆又烦人,大不了我们鱼死网破,让你和你那个破软件一块消失。"

"我们精灵可是很稀有的。"林初阳不服气地说。

"再珍贵又不会给我写稿子,对我来说,一样没用。"

林初阳还想为自己多争取一两句,无奈陈束已经将手摆在了删除键上以示威胁,他只好选择乖乖闭嘴。

大概是考虑到自己给陈束的压力确实太大,林初阳之后果然安静了不少,基本上只要陈束坐在电脑桌前,他都不会再多说什么。

当然，他也有可能是被动漫迷住了，没空管陈束。

陈束将平板电脑给林初阳没几天，他就凭借着对电子产品的使用天赋，找到了自己钟爱的那部分，并且乐在其中。

陈束去接水的时候，无意瞥到平板电脑屏幕，看见上面正在播放某部经典少女番，不免露出嫌弃的眼神。

"林初阳，你真是拉低了你们精灵的整体审美水平。"

林初阳连头都懒得抬一下，眼睛死盯着屏幕，薄唇轻启："我这是在帮你研究各种情感的表现形式。"

"啧啧啧，还拿我当借口。"陈束冲他做了个鬼脸，便端着水回到电脑前，继续工作。

半个小时后，她转头看见笑得花枝招展的林初阳，盯着他看了好一会儿，郁闷地开口："林初阳，你说你都大老远地来了，怎么不能顺便帮我把稿子也写了呢？"

过了半天，林初阳才慢悠悠地转过头，疑惑地问："我为什么要帮你？"

陈束解释："你能说会道，又态度积极，不写稿浪费了。"

"你想多了。"林初阳冷漠回绝。

陈束不可置信地看着平常对她礼遇有加的林初阳，轻哼一声，键盘被她敲得啪啪响，似乎这样才足够宣泄她的郁闷。

只是情节还是卡在这儿，严格地说，从上个月开始，就没有怎么推动过。

最后，她将电脑一推，没好气道："不写了。"

动漫刚放到精彩处，林初阳听见声响，刚开始没反应过来，半天才疑惑开口："你又怎么了？"

这话传到陈束耳朵里，就变成了指责，让她更加生气。于是她直接关了电脑，径直朝房间走去，关门时，动作极大。

"今天不想写了。"

林初阳愣愣地看着那扇门，郁闷极了，嘟囔道："谁惹她了？果然，女生真是世上最难懂的生物。"

是刚刚动漫里的台词。

林初阳向来十分擅长学以致用。

写稿本就容易让人变得疲惫又烦躁，尤其是在稿子写不出来，旁边还有一个没眼力见儿、不解风情的人的时候。

陈束无视掉林初阳，将自己蒙在被子里，闹脾气地不想管门外的声响。

"陈束，八点了。"

林初阳不厌其烦，再次过来敲门。

陈束烦躁地蹬了蹬被子，冲门口喊道："林初阳，你好烦！"

"你再不起来，上午就结束了……"林初阳又摆出他那副可怜兮兮的姿态。

每当稿子遇到瓶颈的时候，陈束的情绪就变得有些脆弱，如今林初阳的存在，又像一块警示牌，随时都在提醒她字数不能落下，不能拖欠稿子。

她郁闷地捡起地上的拖鞋，直接朝门砸去："烦死了，让我休息一天不行吗？又不是欠你的，非要天天都守着那台破电脑啊。"

林初阳被房间里的声响吓得往后退了退，小声地解释："可你确实欠了稿子，而且还不少。"

"谁要你说这个。"

"但你也不能直接放弃啊。"

陈束不耐烦地听下去,疾步走到门口,打开门,愤然道:"你这么有觉悟,那你去写好了。"说完,再次将门关上。

林初阳委屈地咬了咬唇,气鼓鼓道:"我写就我写,就让你看看,我的水平有多高,速度有多快。"

林初阳轻车熟路地打开电脑,在桌面找到陈束这篇稿子的文档,迅速点开。

他看完大纲,快速浏览了正文,皱着眉疑惑道:"她这改了几天,怎么还完全偏离主线剧情了啊。"

就算是这样,他凭借自己这么多年看小说的经验,还是很快串联出了剧情。

只是——

他刚敲好一行字,就见电脑屏幕猛地闪了几下,文档中的字符开始快速变换,最后只留下一堆乱七八糟的符号。

完了!

林初阳瞬间反应过来,将椅子往后一推,赶紧跟电脑保持安全距离。他紧张地盯着显示屏,轻咬着唇,心里直打鼓。

2.

房间内,地上散乱地扔了几张草稿纸,陈束正在床上翻来覆去地思考接下来的情节要怎么推进会更自然。

林初阳再来敲门的时候,她终于不情愿地起身去开门。

"又怎么了?"她无奈道。

林初阳看上去担忧又焦虑,他朝电脑的方向指了指:"那个,文档好像乱码了。"

"哈?"

陈束一下没反应过来,直到林初阳又解释了一遍:"我把你的文档弄成乱码了,你写的内容都没了。"

"什么!"陈束猛地推开林初阳,以百米冲刺的速度跑到电脑前。

当她看见文档里那一堆完全看不懂的符号时,足足愣了半分钟,最后怒气冲冲地扑向林初阳。

"林初阳,你对我的文档做了什么?"她气得掐住林初阳的脖子,大有要他和自己的文档同归于尽的架势。

林初阳被她掐得脸色通红,费力地掰了半天,才总算掰开。他防备地往后退了几步,猛咳了几下,才找到自己的声音。

他内疚地摸了摸鼻子,解释:"你不是一直想让我帮你写稿,我就试了下,但是我忘记了,作为精灵,我只能陪着你完成作品,却不能帮你完成作品,否则就会造成系统紊乱,结果就是你看到的这样。"

"这么重要的事情,你怎么可以忘记!"

陈束气急败坏地抓起电脑椅上的抱枕就朝林初阳砸去,大概是觉得这样仍不解气,她又走过去踢了林初阳一脚。

接着她跑回电脑旁,对着文档折腾了半天,发现于事无补,她气冲冲地把他拉到门口,打开门指着走廊道:"林初阳,你走,我现在一点都不想看见你。"

林初阳自知做错事，也不敢去违抗陈束，只能拼命地认错："对不起，我真的不是故意的，变成人类之后，我对精神力的需求严重增加，能力也受到一定的影响。"

　　陈束不想听这些，直接将他推到门外："扮可怜也没用，我现在一点都不想看见你，一、点、都、不、想！"

　　说着，她直接将门关上。

　　林初阳本来还想解释，无奈陈束完全不想听。

　　回到房间，陈束又在电脑里找了一圈，还是没有找到任何补救办法。

　　她写稿的时候，向来没有备份的习惯，本来软件是可以自己备份的，但因为林初阳的问题，那些备份也全变成了乱码。

　　她猛敲了几下键盘，最后绝望地瘫在椅子上，哼哼唧唧了两句，骂道："林初阳，我看你就是上天派来专门克我的。"

　　她气愤又焦虑，只好找易点点去诉苦："点点，我死了。"

　　"怎么，林初阳要去粟老师那儿揭穿你了？"

　　很快，她便收到易点点的回复。

　　"不是，比这个严重多了。"

　　易点点惊讶："还有比这更严重的事情？"

　　陈束发了个哭泣的表情，说道："我的文档全部成乱码了，现在一个能用的字都没有了。"

　　"那是挺严重的。"易点点表示赞同，"备份呢？"

　　"覆盖了，全是乱码。"

　　易点点发了一个心疼的表情："那你确实完了。"紧接着，她

又说，"你上周不是刚交过稿子吗？粟老师那里可能还有。"

陈束本来已经绝望地瘫坐在椅子上，瞬间像被注射了一剂营养液，整个人忽然坐直，但很快又再次瘫软下去。

"不行啊，我不敢去找粟老师。"

易点点理智地问她："那你要从头开始写？"

"这……"

陈束虽然十分不愿意承认，但现在摆在她面前的真就只有这两条路，虽然目前的稿子并没有太多字数，但从头开始写的话，也不是轻松的事。

那她就只能……

"粟老师，你忙吗？"

陈束最终还是决定去找粟衿，毕竟除了这样，也没有更好的选择了。

粟衿大概在忙，好一会儿才回道："怎么了，稿子出问题了？"陈束甚至能够想到她发这条消息时的温柔模样。

世间怎么有这么善良的人，陈束感叹。

她纠结了好一会儿，才鼓起勇气将消息发过去："那个，粟老师，我的文档今天早上突然乱码了。"

"那这周又没有办法交稿了？"粟衿的语气听上去有些失落。

陈束赶忙否认："不是这样，我其实是写了不少的，但是……"

"但是现在什么都没了。"

陈束内疚地咬了咬唇："我会尽量补回来的，就是能不能够麻烦你，把我上周交的文档发我一下。"

粟衿也没多问,很快就将文档找出来发给了她,最后不忘多问了一句:"稿子真的没遇到什么问题?"

"没有。"陈束坚定地表示。

粟衿温柔地表示:"有问题一定要随时来找我。"

"谢谢粟老师。"陈束笑着道完谢,大概是考虑到粟衿比较忙,也就没再说什么,迅速结束对话。

陈束迅速接收文档,打开之后看到正常的文档,提了一早上的心终于放下。

她顺手翻了翻文档,这还是上周粟衿非要找她拿文档,她没办法才交上去的,没想到这个举动竟然帮了她大忙。

只是这周她其实改了不少,虽然字数上差别不大,但是情节……

陈束叹了口气,安慰自己,总比全部重写要好。

文档的事得到解决,陈束对林初阳的怒火也消了不少,说到底,林初阳也不是故意的。

刚好到饭点,敲门声响起。

知道是林初阳,陈束虽不情愿,还是过去开门。

"陈束,饿了没?我给你买了麻辣烫。"

林初阳笑得一脸灿烂,讨好的意味更甚,虽然不愿表明,但陈束心里已经原谅他了。

只是这麻辣烫,确定不是他自己想吃?

见陈束半天没说话,林初阳怯怯地小声问:"你还在生气吗?我真的不是故意的。"

林初阳一旦真认起错来,哪怕只是稍微皱一下眉,都能让人心揪成一团。

陈束暗叹自己还是心太软了。

她抿了抿唇，闷声说："进来吧。"

林初阳瞬间笑开，冲陈束深深鞠了一躬："谢谢你！"

陈束扶额，不懂这有什么好道谢的。

林初阳相当贴心地替她将麻辣烫打开，在餐桌上摆好，然后笑着过来将陈束拖过去安排坐好，恭敬地双手递上筷子。

陈束莫名觉得这个场景十分熟悉，想了半天，才想起，这是她上本书中的女主惹男主不开心时的狗腿样。

"林初阳，你还真会学以致用。"陈束从他手上拿走筷子，没好气道。

林初阳"嘿嘿"笑了两声，见陈束动了筷子，才转身去餐桌另一边，打开自己那份，开心地吃起来。

一大早被赶出去，他看上去好像饿极了，陈束真担心他把自己呛到。

吃到一半，陈束忽然想起一件事。

"林初阳，你是怎么买的麻辣烫？"

她没有记错的话，她将林初阳赶出门的时候，太突然了，根本没给林初阳任何反抗的余地，就算他想带钱，也没这个机会。

林初阳向来坦诚："我跟老板说忘了带钱，就报了你的名字，老板就说下次一块给。"

所以说，他是拿着她的钱在这里向她赔罪？

"林初阳！"陈束气得牙痒痒，"哪有你这样赔罪的。"

林初阳也意识到了事情的关键,十分委屈地表示:"可是我没有钱啊。"

这倒是实话,他确实没有钱,不仅没有钱,甚至住进她家之后,还花了她不少钱,从基本的洗漱用品,到衣服鞋袜,全是她买的。

对于这一笔支出,林初阳说,等他回去会用别的方式还给她。可照目前的形势来看,陈束只能安慰自己,就当是做善事了,只求上天看到她的善意,保佑自己下半生能够顺顺利利、健健康康的。

当然,该教育的还是得教育一下,比如现在。

"那你也不能拿我的名字去赊账啊。"

林初阳不解:"你会还的不是吗?"

陈束反驳:"我还不还是我的事,现在说的是你的问题。"

"我错了!"

林初阳立刻埋下头,低声道歉。

陈束盯着他,半晌,最后无奈地摇头,好吧,她还是原谅他好了。

因为乱码的事,陈束明令禁止林初阳再靠近她的电脑,她可不想哪天起来,又看见一个乱码的文档。

林初阳也理解陈束的担忧,自觉地不再碰电脑,除了每天固定叫她起床,基本都坐在沙发上,有时看电视,有时看小说。书架上趁着促销打折买回来的一堆书,陈束没看几本,反而被林初阳看了一半。

但最近林初阳好像越来越安静,起先陈束还没有发觉,直到某天,她早上起来,发现林初阳竟然睡在沙发上。

她还是第一次见林初阳睡觉的样子,睡颜乖巧,看上去恬静而温和。

真像个小孩子，陈束感叹。

她忍不住伸手戳了戳林初阳的脸颊，模仿着对方之前喊她起床的样子，说道："林初阳，八点半了。"

林初阳猛地睁开眼睛，眼神迷离，半晌才回过神来，他慵懒地拨了拨头发，看清眼前的人，有些意外。

"咦，你起来了。"

"那是。"陈束得意地轻哼一声，疑惑地问，"你怎么在这儿睡着了？"

林初阳晃了晃脑袋："看书看睡着了。"

陈束没多追问，转身去厨房，走之前回头问了句："吃什么？"

林初阳想了想，笑道："泡面。"

陈束回绝："那个没营养，今天给你做点好吃的。"

她没有看错的话，林初阳好像比来时瘦了不少，本来带着点婴儿肥的脸都成瓜子脸了，精气神也比不上刚来的时候，整天好像都不怎么提得起精神。

是因为她拖稿变成这样的吗？陈束有点不太敢确定。

"林初阳，你是不是生病了？"

陈束踌躇了很久，终究忍不住问道。

林初阳正在冰箱找吃的，听她这么问，回答得有些漫不经心："没啊，突然问这个干什么？"

陈束继续追问："人类形态对精神力没别的要求？"

林初阳拿了瓶酸奶出来，盯着陈束看了好一会儿，不确定地问：

"你这是在关心我吗?"

"回答我的问题。"

林初阳作势想了想,认真答道:"人类形态对我们来说,是特殊形态,维持人类形态所需的精神力相对来说确实会多一点。"

难怪了。

难怪他会一直催她写稿,会使劲盯着她稿子的进度,缺少精神力的他,应该很难受吧?就像饿着肚子一样。

"所以你干吗非要出来?"陈束没好气地扔了个抱枕过去。

林初阳嘴角垂下,看上去失落极了:"当然是为了你呀。"

"别装可怜,我不吃这套。"

陈束嘴上虽说着气话,却还是决定认真写稿。她确实不欢迎林初阳的到来,可真要她看着林初阳因为精神力不足而整天萎靡不振,她也做不到。

3.

为了林初阳,陈束不得不要求自己多码点字,至少能够让林初阳维持人类形态。

陈束的变化,林初阳看在眼里,同时更坚信自己过来的决定是正确的。

哪怕他现在看上去实在有些落魄。

人类的食物对他来说,只是爱好,并不能作为主要的营养摄取。

关于创作,林初阳并没有太多实质性的意见可以告诉陈束。

来这里之前,他一直都是在学习怎么成为一个优秀的软件精灵,

虽然时刻都在看着陈束写小说，但是也只是看着而已。

陈束刚写作那会儿，热情相当高，偶尔感觉好的话，会写得连时间都忘记，从白天一直写到深夜。

读者无一不在高呼，追她的书是一件多么幸福的事情，从不开天窗，偶尔还会附赠一两篇番外。

连林初阳都觉得能成为陈束的精灵，特别自豪。

可没多久，陈束渐渐转变风格，按照固定的模式做着一些商业化的创作，相对作品的质量，她更在乎怎么能够获得更多的利益。

林初阳不否定这种模式的优点，至少它对作者的文笔要求不高，只要有一些突破常规的卖点，就能带来大量的商业收益，但这也会影响作者的创作力，让其产生依赖思想。

等某天陈束意识到这一点时，她已经被这个模式给困住了。

这些林初阳全看在眼里，最终，他决定来此。

听林初阳说要去书店的时候，陈束很是惊讶："怎么，我家的书不够看了？"

林初阳摇头："有几本特别想看的。"

"所以下一句是不是要问我要钱？"

没想到陈束会这么不给情面地拆穿他，林初阳不好意思地挠了挠头，表示："我会还你的。"

陈束不屑地轻嗤一声，在包里翻了半天，将身上所有的现金都交到林初阳手上："够不够？我就这么多了。"

林初阳对金钱没有什么概念，面对陈束的大方，十分感激："够了够了，你真是个大好人。"

倒是从来不会吝啬赞美别人。

陈束懒得管他,交代了一句,别走丢了,就去忙自己的了。

林初阳心满意足地拿着钱出了门,按照自己在网上查的路线,朝书店进发。

他在书店逛了一圈,拿了两本小说,是近几年十分优秀的作品,又拿了几本写作工具书。

如果没有办法在专业上帮陈束,林初阳想,他至少可以用别的方法帮助她。

结账前,他想起什么,又转身回去挑了两本励志书籍。

从书店出来,路过一家奶茶店的时候,他不自觉地停下脚步。

记得陈束前几天写稿时,无意中说过想喝这家店的奶茶,他想,反正陈束给的钱还有剩,不如给她带杯奶茶回去。

这么想着,他直接走了进去。

回去之前,他还在楼下买了点水果,看上去收获颇丰。

"陈束,你看,全是帮你买的。"

陈束一开门,就看见林初阳天真烂漫地笑着,手高高举起,向她展示出去一天的成果。

那杯奶茶成功地吸引了她的目光,本来还无精打采的她,瞬间雀跃起来,不可置信地看向林初阳:"天哪,你怎么知道我想喝这个?"

林初阳得意地挑了挑眉:"我还能不知道你。"

陈束这时候也就不在意他的显摆,甚至很没原则地附和着:"没错,知我莫若你也。"

她一把从林初阳手里接过所有东西,往茶几上一放,立马拆开奶茶喝了一大口,大表满足后,才开始翻弄那一堆东西。看到那几本书,她不由得皱起眉:"你这是准备自己创作了?"

林初阳去厨房洗了两个苹果,自己吃一个,递给陈束一个:"那些也是买给你的。"

陈束凝眉看过去,确定对方没有开玩笑,才拆开袋子,拿起书端详半天。

"怎么,林初阳,连你也觉得我写的东西已经差到需要看这些书了?"

"只是觉得你不应该一直在原地踏步。"林初阳慵懒地靠在沙发上,伸手够到平板电脑,熟练地点开。

"林初阳,你!"

陈束举起书作势要砸过来,被林初阳伸手接住:"你不能一直靠着比别人稍高一筹的天赋来进行创作,很多时候,创作是有窍门的,研究一下这些东西对你没坏处。"

林初阳难得表现出深沉的模样,一本正经地同她解释,如果他的注意力没有被平板电脑上的纸片人吸引的话,或许更有说服力。

陈束半眯起眼审视着他,最终没好气地给了他一脚:"不就是想让我多写点字,好让你不至于靠着那点微弱的精神力在这儿苟延残喘,非得说这么冠冕堂皇。"

林初阳吃痛地闷哼一声,目光幽怨地看着陈束,没好气地应道:"对,我就是想方设法逼着你写稿,好让自己能够过得舒服一点,可以吧?"

他突然闹情绪,反倒让陈束没了主意。

"我……"

林初阳冷哼一声,看上去真生气了。

气氛变得有些尴尬,让陈束略微无措,她猛吸了一口奶茶,使劲嚼着奶茶里的珍珠,最后声音低低地解释:"我不是那个意思。"

林初阳没反应,继续看平板电脑。

"林初阳……"

见他长久不说话,陈束晃了晃他的衣袖,小心翼翼地又唤了一句。

半晌,林初阳才闷闷地回了一句:"哦,你还是多码点字,我也好早点走。"

"你!"

"反正你不是很讨厌我吗?"林初阳忽然关了平板电脑,看着陈束,用从未有过的严肃语气说道。

"这……"陈束一时语塞。

她确实对林初阳的出现有些抵触,也不相信他的说辞,经常会说,希望他尽早离开,但她真的很讨厌他吗?

不,不是这样。

"我没有讨厌你,也从来没觉得你讨厌,我只是……"

只是不知道应该怎么办才好。

林初阳的表情顿了一下,似乎很受用这话,脸上渐渐露出笑容,带着几分雀跃:"真的吗?"

陈束点头:"真的!"

林初阳扑过来一下抱住陈束,略微得意地说:"我就知道你是喜欢我的。"

陈束后知后觉醒悟过来自己被林初阳给耍了，气不打一处来，一把推开林初阳，朝他腿上补了一脚，愤然道："林初阳你耍我？"

　　林初阳疼得捂住小腿，脸上依旧傻笑着："我没有耍你，你那样说，我真的很难过的。"

　　陈束瞪着他，对方眼巴巴望着她的讨好模样，真是可爱极了，让人忍不住想伸手捏一捏。

　　当然，她真这样做了。

　　她说："难过也得憋着。"

　　林初阳不满地撇了撇嘴，控诉陈束这没良心的回答。

　　陈束毫不在意，拿起奶茶朝电脑那边走去，记起桌上的那些书，又回头将它们全都抱走。

　　"谢了。"

　　既然林初阳这么费心帮她，她没有不接受的道理。

第三章 不平等协议

1.

下雨的午后,陈束盘腿坐在地毯上,看着索然无味的工具书,听着一首还算不错的歌。不远处的林初阳窝在沙发一角,津津有味地看着最近新出的电视剧。

这个月的专栏,粟衿已经来催过一次了,可陈束才写了一个开头。催专栏的时候,粟衿还顺便说了写短篇的事。

陈束凭借写网文出道,被编辑发掘后,顺利成为公司的签约作者。后来编辑离职,她被转交到粟衿手上,才在杂志上设立了专栏,为了保持一定的曝光度,在没有长篇连载的日子,必须要有短篇上刊。

只是陈束一直觉得自己的短篇写得并不好,那种需要在规定字数里讲述故事,同时打动人的文章,比长篇更加需要文笔的支撑。

面对粟衿的要求,陈束总会先应下来,余下的就留在该苦恼时再苦恼。

易点点在微信上找陈束时,外面的雨下得正大,夹着狂风拍打着窗户。

陈束瞥了一眼手机屏幕,看清上面的字后,拿起手机,发了一长串发怒的表情过去:"易点点,你背叛了我们深厚的友谊,将你的朋友置于死地,极其不道德。"

很快,易点点打了电话过来,直奔主题。

"粟老师已经主动问你要短篇了吗?"

陈束郁闷道:"何止,就差没将我叫去公司,对我进行现场教育,好让我知道自己死八百遍都不够。"

"也就你能把粟老师逼成这样。"易点点感叹,随即话题一转,问陈束,"莫名来津州参加漫展,你去不去?"

陈束本来还在为交不上短篇而苦恼,听到这个,立马兴奋起来:"什么!莫名要来津州,去去去,倾家荡产也要去。"

莫名是陈束特别喜欢的"唱见"(翻唱歌手),这事只要认识陈束久点的都知道。因为是临时安排的活动,到现在才有消息出来。

"这周日,你短篇写得完吗?"易点点提醒她。

陈束想了想,理直气壮地表示:"稿子可以天天写,莫大可是好不容易来一次津州,孰轻孰重,显而易见。"

"道理就你拎得最清。"易点点训道,却在下一秒附和着,"不过确实是这样哈。"

"是吧。"陈束得意地笑着,"所以我必须无条件地站在莫大这边。"

"九点开始进场,我们直接在漫展门口见。"

"OK，没问题！"

事情约定好，两人简单寒暄两句，易点点最后不忘叮嘱陈束，别让粟老师太难过，才挂断电话。

"你周末要出门？"林初阳停下手上的动作，眉毛微皱，对陈束的决定多少有些不满。

"对啊，易点点说周末有个漫展，让我陪她一块过去。"一开始她就没打算瞒着林初阳，这会儿被问起，陈束干脆坦然承认。

林初阳无奈地提醒她："我都听到了。"

陈束表情一僵，心虚地抿了抿唇，看着林初阳还挂在耳朵上的耳机，疑惑道："你不是戴着耳机吗？"

"我的耳机声音挺小的。"林初阳耸了耸肩，干脆扯下耳机。

陈束偏头暗骂自己口无遮拦，随即露出讨好的笑容望向林初阳："你应该也有过偶像吧？就是那种闪闪发光，他什么都不做，也会让你忍不住想靠近他，想向他看齐，只要一想到他就会觉得干劲十足的人。"

"莫名对我来说，就是这样的人。"

"偶像？"林初阳呢喃般地重复了一遍，眸光一闪，似是想起什么。

陈束点头，神情里带着几分势在必得："没错，莫名就是我人生中指南针、启明星一样的存在，他周末来津州参加漫展，这是我难得和他近距离接触的机会，我绝对不能缺席。"

林初阳若有所思地沉默了半天，最后问道："那你的稿子怎么办？"

"我——"陈束深吸了一口气,表示,"我会努力写的!"

林初阳不合时宜地打了个哈欠,问她:"我能相信你吗?"

"能的能的,我现在就去。"陈束点头如捣蒜,将手上的书一放,就走到电脑前,动作娴熟地打开它,极力表明决心。

实际上,林初阳并不反对她出门。

他来这里将近两个月了,陈束去的最远的地方,还是他刚来那天去的派出所。

可看着陈束在自己面前慌张无措的模样,他忽然起了逗她的心思。

果然,还挺好玩。

最后,陈束只写完了一个简短的专栏,粟衿点名要的短篇,才刚开头。

周六当晚,她将刚从楼下买来的水果洗干净切好,然后贴心地端到林初阳面前,谨慎地开口:"那个,我真的很认真写了,只是……"

林初阳早忘了陈束周日要出去玩的事,反而被她这阵势吓得不轻,整个人往沙发上一蹦,缩到角落,强装镇定地问她:"你、你这是要干什么?"

陈束极力保持脸上的笑容,态度真诚:"我知道食言是我不对,但是我发誓,我后面一定补回来。"

林初阳这才想起她要去漫展的事,脸不自觉地拉下去,轻咳一声,端正地坐直身子,佯装生气:"你觉得我还会相信你吗?"

"阳阳……"

"我不想听。"林初阳微微侧了个身,将脸别向一旁,"你就是个大骗子,我不会再相信你了。"

陈束在林初阳面前蹲下,扯着他的袖子,可怜兮兮地求道:"求你了,你就让我明天去看一眼莫名。我保证,回来之后一定服从组织的任何安排,专心工作,好好写稿。"

"你的保证在我这里已经没有任何可信度了,我是不会上当的。"

"我错了,我回头一定好好改过,重新做人。"

林初阳冷哼一声,甩开陈束:"没看出来。"

陈束见求他没用,干脆破罐子破摔:"我不管,反正明天我就是要去见莫大,你准不准我都得去。"

林初阳也不甘示弱:"你可以试试,你只要敢走,我马上就去动你电脑。"

"你——"

陈束没想到林初阳的态度会这么强硬,心一横,绕到林初阳身后,双手搭在他肩上轻轻按着,压着声音软糯糯地求道:"阳阳,求求你,你就让我去看一眼莫大吧,好不好嘛……"

林初阳只觉后背发凉,不自觉地打了个寒噤,赶忙拍掉肩上的手:"在哪学的这阴阳怪气的腔调,恶心死了。"

"那你到底想让我怎么样,直说。"陈束见这都行不通,干脆放弃抵抗往沙发一坐,"只要你让我明天去见莫大,你说什么我都答应。"

"真的?"

林初阳听陈束愿意妥协,一转头,正好看见陈束疯狂点头的样子,意识到自己过于激动,不由得轻咳一声,继续端着架子:"去找张纸来，先写份保证书。"

陈束见事情有所转机，跑去拿纸的动作别提多矫健，拿完立马蹲在茶几旁，笑着问道："要保证什么？您说。"态度别提多客气。

林初阳低眸沉默，像是在认真地考虑条件，半晌，才听见他淡漠地开口："那就以明天出去为条件，未来一个月，工作日必须每天写五千字，写不完就罚款，一周两百块，不过分吧？"

陈束脸上的笑容渐渐变得僵硬，干巴巴地笑了两声："不过分，不过分，我这就写。"

"还有。"林初阳想了想，又补充道，"修改的字数不算，编辑那边的临时任务可以提出申请，但是不能成为你拖稿的理由。"

陈束越听脸色越难看，明知这时候必须顺着林初阳，却忍不住小心翼翼地试探道："那我要是真的写不完呢？"对上林初阳的目光后，她赶忙解释，"很认真的那种，可就是写不到五千字，怎么办？你也知道，这个字数对我来说，很多的。"

"这个……"林初阳为难地停顿了下，"你让我再想想。"

"别啊，你现在一块说了，好让我一次性死个明白。"

"那就交罚款，然后断网，停止一切娱乐活动。"

陈束本来还想争取什么，看到林初阳的表情之后，只能将这个想法吞回去，不情不愿地开始动手写保证书。

她写一句，念一句，咬字十分清晰，别提怨气有多大。

林初阳占了上风，也就不管她这点情绪宣泄，由着她这般。

写完之后，林初阳不忘好心地提醒她："记得签名。"

陈束瞪了他一眼："我知道！"

林初阳浏览了一遍保证书，十分满意，找了个相框裱起来，放在了客厅最显眼的地方，似是在提醒陈束，此次斗争的失败。

2.

漫展当天，风和日丽，天高云淡。

陈束一大早起来化妆，林初阳被她吵醒，不情不愿地打着哈欠，从房间出来看了一眼，嫌弃道："不就是见个偶像，至于打扮得这么花枝招展吗？"

陈束轻嗤一声，手上的动作不停。

"你懂什么，第一印象很重要的，我得让他知道，他的粉丝都是多么优秀的人，让他在别人面前倍有面子。"

"就你，日子过得胆战心惊，每天不是在应付编辑，就是想着该怎么应付编辑，怎么看都……"

"够了。"陈束不悦地打断他，"这种时候你配合我一下会怎样！"

林初阳耸了耸肩，凑过来仔细看了一下陈束今天的妆容。

陈束难得给自己化了一个十分闪亮的妆，还搭配了一条略带性感的细肩带短裙，罩了件薄衫，长发散下，微微卷了一下，看上去甜美中透着一点点性感。

"好看吧？"陈束略微得意地问他。

林初阳胸口不由得一紧，心跳有一瞬间的慌乱。

他声音冷下去，转身头也不回地去了房间，留下一句："整得像个妖怪。"

陈束郁闷地嘟起嘴，没好气地冲着林初阳的背影反驳："什么欣赏水平，我这可是时下最流行的妆容。"

陈束到现场时,易点点已经等在漫展门口了。见她这打扮,易点点十分满意:"可以啊,还是莫大有魅力,居然能让你这不出小区坚决不换睡衣的人,花这么大精力来拾掇自己。"

陈束得意地撩了下头发:"这可不是简单的见面,我们这相当于相亲,拍个合照就算登记照的那种。"

易点点白了她一眼:"你就美吧你。"

陈束恬不知耻地继续解释:"约定一个地方,然后两人都打扮得漂漂亮亮的来赴约,可不就是相亲嘛。"

易点点嫌弃地推着她往前走:"我看晚上你也别跟我回去,直接跟莫名走好了,去哪儿都行,就是别在我面前晃悠。"

"也不是不可以。"

"可以?"易点点接过旁边递来的宣传单敲了下她的头,"再不进去,你就等着你'老公'被别人又牵又抱吧。"

陈束反驳:"我'老公'是清纯唱见,谢绝拥抱的。"

"那你就等着排队到天亮吧。"

"那还是算了。"

说完,陈束拉着易点点朝漫展会场走去。

到门口,陈束去找手机,结果被一个小孩子不小心撞上,弄得她包里的东西撒了一地。

陈束本能地爆了句粗口,转头看见是个很可爱的小孩子,还扮成了她很喜欢的动漫人物,瞬间温柔地笑开,接受了孩子的道歉。

包里装了些化妆品,这会儿掉得到处都是,陈束着急进去,蹲下身胡乱捡起来一股脑塞进包里,起身刚准备进去,就被人叫住。

"等一下,你的口红不要了吗?"

这声音,也太好听了吧。

陈束本能地回过头,映入眼帘的是一张帅气的脸庞,黑色的西装熨烫得挺括,胸前的口袋夹着一支不错的钢笔,头发简单地打理了一下,恰到好处的长度。他的五官精致,高挺的鼻梁上架着一副金框眼镜,身材高挑,尤其是那大长腿,配上这身打扮,简直就是漫画男主角。

陈束看得一时间忘记要说什么,身体僵在那儿半天没有动作,直到一旁的易点点看不下去,推了推她。

"谢、谢谢。"

陈束反应过来忙伸手接过口红道谢,对方温柔地笑了笑,礼貌地站在她们身后,不再多言。

进去后,陈束直奔莫名的周边区,自然同那人分开。确定对方走远,陈束才终于按捺不住内心的激动,死死拽着易点点,道:"点点,刚刚那个男的也太好看了吧?我的天,那身材,那脸,简直像漫画里走出来的啊。"

她捂着胸口,真诚地对易点点说:"我心动了,我发誓,要是再让我看见他,我一定冲上去问联系方式。"

易点点嫌弃地皱起眉,敲了下她的脑门:"前面还说和莫名相亲,这会儿就移情别恋,合适吗?你好歹等看完莫名再说。"

陈束一想,好像是不太对,忙说:"那还是莫大吧,今天的我,只能属于莫大。"

"瞧你那点出息。"

"那你就说刚刚那个男人好不好看？"

"好看好看，特好看。"易点点敷衍地回答她，推着她往签售区走去。

陈束还想说什么，但看易点点完全没有继续听的兴致，只悻悻闭嘴，默默跟着易点点站在队伍里。

莫名的人气还不错，要不是她们来得早，这会儿就该排到门口了。

陈束玩了会儿手机，发现莫名居然还抽空发了条微博，她眼疾手快，抢到前几名，然后心满意足地退出。

因为有易点点在，在莫名来的时候，她还抽空跑到前排去看了几眼，打听了一下情况。

莫名的签售时间分上午场和下午场，中间有舞台表演，好在陈束来得早，临近上午场结束之前，正好排到她。

她含羞带怯地把签名本递到莫名手上，本来在脑海里反复练习了好多遍的话，这会儿却一句都想不起来，最后只说了一句："希望你越来越好，会永远支持你的。"

莫名抬起头，温柔地回了一句："谢谢。"

陈束的脸瞬间红透，傻笑着根本看不见眼睛，还是易点点提醒她注意一下表情管理，她才稍微收敛了点。

看着莫名签完名，陈束犹豫再三，还是不敢提出合照的事情。一旁的易点点看不下去，瞅准时机，插进去直接问道："莫大，可以合照吗？"

陈束紧张地盯着莫名，见对方没拒绝，才总算松了口气，由易

点点指挥着，拍下了一张合照。

　　从队伍离开，陈束死死捂住自己紧张得快要跳出来的心脏，好半天才说出了一句："莫大也太甜了吧，我发誓爱他一辈子。"

　　"刚刚是谁还说要找门口那个帅哥的。"

　　"不一样的，不一样。"陈束细心地收好那一大堆海报周边，笑着说道。

　　两人在会场里随意逛了逛，掐准时间去舞台处找好位置，等着莫名出来。

　　没一会儿，舞台前的空地就挤满了人，陈束暗叹自己熟知漫展项目，占据了最佳视听场地。

　　陈束和易点点随意聊了几句话，人群中开始有了些骚动，随即就看见莫名从旁边的侧门出来。陈束赶忙将刚刚买的手幅、灯牌拿在手里，朝莫名挥舞着。

　　莫名上台和大家打声招呼，才开始唱歌。

　　他今天唱的是他最近的两首原创新曲，又是现场首唱，所以前奏一放出来，就引起一干粉丝激动地尖叫，现场气氛达到一个高潮。

　　直到演唱结束，大家都还有些意犹未尽。

　　演唱结束，陈束还没回过神来，大家就已经整理好心情，奔赴下一个阵地。

　　"啊！"

　　陈束正准备从人群离开，结果不小心和一个人撞上。她今天穿了双高跟鞋，一下没站稳，人一个趔趄，眼看着就要摔倒，幸好身

后有人扶了她一把。

"谢谢。"陈束惊魂未定,转身道谢,没想到对上那张好看又熟悉的脸,"是你?"

对方显然也记得陈束,笑着问道:"没事吧?"

陈束摇头:"没事,谢谢你。"

"没事就好。"在分开前,那人还不忘提醒她,"漫展人多,你穿高跟鞋要小心点。"

陈束笑着目送对方离开,易点点在旁边看了半晌,直到连那人的衣角都看不见,才用肩膀撞了下陈束,提醒道:"都看不见人了。"

陈束不满地瞪向易点点,随即后知后觉,暗自懊恼道:"我天,我忘记问联系方式了。"

易点点出言嘲讽:"何止,你连人家叫什么都不知道。"

真是一次失败的邂逅,陈束郁闷地拨了拨头发,长叹了口气。

从漫展离开,两人开车绕到商场去吃了火锅。中途,易点点无意提到俞小鱼,说她的新书销量不错。

"俞小鱼?"陈束将一串金针菇夹到自己碗里,喝了一口奶茶,还有点没对上人。

易点点解释:"就喜欢殷其那个。"

陈束费力地想了一会儿,终于有了点印象:"那个啊,她的书销量好像一直都还可以吧。"

"那也是,没少拉着殷其一块出来卖人设,人气总不至于太差。"易点点认真地分析道。

殷其是公司为数不多的男作者之一,比他们早签公司,一直都是粟衿在带着,后来大家都签到粟衿那边后,组织了几次团建,关系也很快亲近了起来。

粟衿时常拿殷其来鞭策她们,说她们要是有殷其一半听话,她也不用操那么多心了。

和她们不同,殷其算是年少成名,十六岁就同公司签约,后又考上名校,他的稿子质量向来不错,人气、销量一直排公司前几名,加上作品多是悬疑类的,受众相对来说就广泛些,再加上他本身长得也算清秀,照片曝光后还吸引了大量女粉。

包括俞小鱼。

陈束对这些兴趣倒不大,反而想起别的。

"我们是不是很久没出来聚聚了?"

提起这个,易点点又不满起来:"可不是,殷其刚开新坑,这会儿状态正好,一时半会儿是找不到人的,你又被林初阳管着,也就我这种闲人有空了。"

陈束想起自己昨晚那卑躬屈膝的样子,不由得叹气:"我现在真的宛如蹲监狱,人家蹲监狱还准许放风探监呢,我连这个都没法享受。"

昨晚的事,早在来的路上,易点点便已经听陈束说了,不免嘲笑了她一番。不过能将陈束逼成这样,易点点倒是有点好奇起林初阳来。

"话说,你真准备让那小帅哥一直住在你家?"

陈束不耐烦地拿着筷子在碗里戳着:"可不,你要赶他走,他就泪眼汪汪地望着你,别提多委屈无辜,你也知道我这人心比较软,

哪受得住这个啊。"

"还是看脸。"易点点好心提醒她。

"才没有!"陈束下意识地否认,却在易点点的审视中慢慢收敛气势,不情愿地小声辩驳,"可你说,谁不喜欢好看的东西啊?"

"你的精灵,还挺会投你所好。"

"我才不喜欢林初阳那种幼稚又中二的小屁孩。"陈束将奶茶里的最后一个珍珠吸进嘴里,满意地笑了笑,"不过确实长得挺好看。"

易点点无奈地摇了摇头,不再对此发表看法,看陈束最近的状态,她心想,或许林初阳的出现,真是好事。

饭后,两人在附近转了转,最后去了一家常去的文具店买了些本子和笔备用。

易点点提醒陈束不用一下买这么多,陈束的解释是,谁知道下一次出门是什么时候。

这点,易点点倒是没法反驳,回去的时候,陈束特意让易点点绕到一家还不错的面包店。

"还得提前储粮?"

易点点见她拎了一大袋东西出来,有些疑惑。

陈束摇头:"不是,林初阳上次出门都给我带奶茶了,我总不能空着手回去吧。"

"用得着这么多?"

陈束看了眼手里的东西,面露难色:"我不知道他喜欢什么,就都拿了点。"

易点点意味深长地挑了挑眉,没多问,帮陈束把东西放到后座,开车送她回家。

到了后,陈束问易点点要不要上去坐坐。

易点点看了下时间,拒绝了,已经晚上八点半,她去的话,还真怕陈束的小精灵把她赶出来。

3.

"你看看现在几点了?"

这不,陈束打开房门,只见屋里一片漆黑,刚准备开灯,就听见林初阳的声音从沙发的方向传来。

她意外地心平气和,打开灯,提着一袋东西凑到林初阳面前:"你看,我给你买了好多吃的。"

林初阳冷脸拒绝:"别以为我会被这些东西收买。"

陈束佯装委屈地撇了撇嘴,看着那袋面包,小声地解释:"这可是我特意让点点绕了一大圈去给你买的。"

林初阳瞧着她那失落的样子,忽然有些不好意思起来,心虚地摸了摸鼻子。

"那……谢谢你。"

陈束瞬间笑开,热情地将面包摊开摆在茶几上:"不客气,也不知道你喜欢什么,就随便都买了点,你看有没有你喜欢的?"

林初阳受不住她的热情,警惕地往后躲了躲,应和道:"嗯,都好,都好……"

"那我明天可以睡个懒觉吗?"

见林初阳接受了自己的好意,陈束终于说出她的目的。

今天一大早起来，又逛了一天漫展，她真的很想好好休息一下，何况她已经很久没睡过懒觉了。

"不行。"林初阳的脸瞬间拉下来。

"阳阳……"陈束柔柔地唤他。

林初阳慌张地躲开："你别给我来这套。"

陈束不满地控诉："那你还总是对我来这套呢。"

"我那是……"

林初阳试图辩解，却被陈束打断，她可怜兮兮地趴在桌上，求道："就一天，好不好，你看我又是写保证书，又被你监视着，我总需要点时间稍微休息一下吧。"

"每天八小时的睡眠时间，是最科学的。"

"休息不一定是睡觉。"陈束嫌弃地撇了撇嘴，"说到底，你还是不懂人类的情感需要，他们是很复杂的。"

"可你——"

"我只是综合了一下休息方式，何况我睡觉的时候，会有很多新灵感，这你也是知道的。"

不等林初阳接话，陈束直接擅自做了主张："所以，我明天一定要好好休息，来迎接接下来的挑战，晚安！"

说完，她飞快离开，迅速蹿进房间，找了换洗的衣服，去了浴室，动作快得不给林初阳任何拒绝喊停的机会。

陈束怎么也没有想到会在小区楼下遇见那天在漫展上帮过她两次的人。

那天，她下楼补充冰箱库存，这种事在林初阳来了之后，基本

上都是他做的,但这两天他被电视迷住,硬是不肯动。

"咦,你怎么会在这儿?"

陈束买完东西,刚到小区门口,迎面便看见那个令人印象深刻的身影。

"你好。"对方也认出陈束来,眼里有几分意外,依旧绅士地解释,"我最近刚搬来这边住。"

陈束面露惊讶:"这么巧,我就住在对面C栋。"

那人轻笑一声,赞同道:"确实很巧。"

陈束猛然意识到自己现在的装扮有些邋遢,不好意思地抓了抓头发,解释:"我下楼买个酸奶。"又问道,"拿一瓶?"

"不用,谢谢。"对方温柔地拒绝,浅浅笑着,眼眸深邃,自我介绍,"以后就是邻居了,你好,我叫陆简。"

陆简,简单适然。

陈束细细品了一遍,真好听。

陈束也赶紧介绍自己:"我叫陈束,耳东陈,束之高阁的束,已经在这儿住了很久,你要是对这周边有什么不懂的,都可以来问我。"

"客气了。"陆简拿出手机,"留个联系方式吧。"

陈束当然不会拒绝,迅速报了自己的号码,很快,放在口袋的手机便响了起来。

陆简举起自己的手机示意了一下:"多谢,以后可能真会麻烦你的。"

"随时欢迎。"

"需要我帮你吗?"陆简注意到陈束手上的东西有些多。

陈束忙摇头:"不用不用,我自己可以,谢谢你。"

陆简眼里的笑意更深了,盯着陈束的眼睛,款款说道:"都说能有幸遇见三次的人,是上天的冥冥注定。"

类似于偶像剧的台词,从陆简嘴里缓缓说出来,说不出的动听。

陈束瞬间羞红了脸,脑子空白得不知道说什么好,只能木讷地点头,道了声再见,准备上楼。

陆简本来还准备将陈束送上楼,无奈陈束抱着一堆东西早跑得不见了踪影。

陈束一回家,就兴奋地跑去房间,向易点点讲述了刚才那场不算浪漫,却动人心弦的邂逅。

易点点刚睡醒,泡了杯咖啡,一边喝着,一边听陈束夸大其词地描述这场相遇。

陆简这个人,还真让人挑不出什么毛病来。

绅士、优雅、礼貌、周到、举止得体、长得还不错,简直是童话世界里王子的化身。

两人正聊着,微信上忽然提示有一条好友申请——"你好,我是陆简。"

陈束飞快地点了通过,易点点受不了陈束这欣喜雀跃到语无伦次的状态,聊了几句,迅速找理由结束了通话。

不过,令易点点意外的是,这两人真能再次相遇。

"你的脸怎么这么红,发烧了?"

林初阳见陈束脸颊通红地从房间出来,握着手机坐在沙发,一言不发，遂担忧地问道。

陈束正沉醉在自己不仅再次遇见陆简，还拥有对方联系方式的幸福中，被林初阳这么没情调地打断，脸瞬间垮下去："没有，我好着呢。"

"哦。"林初阳不懂她语气为什么这么冲，悻悻闭嘴。

过了一会儿，他想起什么，再次开口："你不写稿在这儿愣着干什么？"

原本被陈束抱在怀里的枕头，下一秒就朝林初阳飞去："林初阳，你这人怎么这么没有眼力见儿！"然后愤然起身，朝电脑那边走去。

林初阳还在得意自己身手矫健接住了抱枕，回头看见陈束已经起身离开，一脸无辜："我又说错什么了吗？"

见她没有回答，还不死心地追问："我到底说错什么了？"

陈束不耐烦地瞪了他一眼，表示："我要写稿了。"说完，直接戴上耳机不再理林初阳。

都是好看的人，怎么有的人绅士懂礼、温柔体贴，有的人就这么幼稚中二，就算是系统送的，也不能这么敷衍啊。

陈束无奈地叹气，果然，什么严格筛选都是哄骗消费者的。

第四章 林初阳生气了

1.

四月清晨,微风细雨,露台的水滴掉下敲击着窗台,伴着风吹树叶的沙沙声。

陈束不情不愿地翻了个身,半眯着眼抓了下头发,最后掀开被子起来。

林初阳没来之前,她从来不知道,清晨会这么宁静又惬意,不过,现在她也没什么心情去感受。

她随意洗了把脸,去冰箱拿了两片吐司,放进面包机,又泡了一杯咖啡。等吐司烤好,往电脑前一坐,便不再走动。

过一会儿,林初阳就会从外面回来。他现在已经将楼下的大黄收养,用她一再不能完成协议要求,而被迫上交的罚款购买狗粮投喂它。

当然,陈束偶尔也会下楼去看看,不得不说,林初阳收养大黄之后,大黄胖了不少。

林初阳本来是要将那只狗给带回来的,但陈束考虑到林初阳万一哪天离开,她没办法照顾好大黄,于是坚决不准他把它带回来。

"你昨晚是不是背着我打游戏了?"林初阳一回来,就拉着脸严肃地问陈束,看上去生气得很。

"你怎么知道的?"

陈束本能地想要否认,但看林初阳那笃定的样子,只能心虚地反问。

林初阳轻蔑地冷哼一声,指了指平板电脑上显示的战绩:"自己看。"

"我就玩了一会儿。"陈束皱起眉,小声地解释。

昨晚,陆简得知她也玩这个游戏,对她发出了邀请。陈束自然应邀上线,玩了几把,却忘记系统会有战绩记录。

"一写稿子就犯困,打游戏就有精神,陈束,你真是气死我了。"

"我真的就玩了一会儿。"

"我不想听这些,你要是稿子写完了,怎么打游戏我都不管你。"

这管小孩的语气,有时陈束真想问问,林初阳的年纪到底是多大,总是啰啰唆唆的,像个爱念叨的老人家。

"林初阳,你在更年期吗?"

林初阳对此怀疑竟毫不生气,反而略带得意地说:"按照程序计算,我的更年期,早就过了。"

陈束嫌弃地撇了撇嘴:"难怪像个老头子。"

对于老头子的说法,林初阳多少有些介意,认真思考之后,一本正经地同陈束解释:"时间的长短,只能作为我们知识储备量的

评判标准,机能运行上,只要你能一直写稿,我就会一直处于活跃状态。"

陈束对于这些专有名词向来不感冒,很不给面子地打了个哈欠:"那看来,我之前写稿的表现还是很优秀的。"

"少自我感觉良好。"

陈束挑了挑眉,好不心虚。

林初阳走过来,指了指屏幕上的日期,提醒她:"还有三天,到时候粟衿找来,你就等着哭吧。"

陈束剜了他一眼,愤然戴上耳机,暂时不想理林初阳。

陈束很快又遇到了新瓶颈,虽然粟衿早就跟她说过,细纲都整理好,直接照着细纲写就行,但是她总是忍不住想,或许还有更好的方式,词句的安排上也是斟酌再三,生怕出错。

这种谨小慎微的举动,会让她将自己困在笼子里,很受拘束。

她本来想找粟衿聊一聊,结果从易点点那里得知了粟衿最近在忙殷其的事情。听说殷其新书的连载反响很不错,公司计划作为年度重点推出,粟衿自然不能闲着。

她最终转头看向林初阳,只是才冒起的一点苗头马上就压了下去。

不是她嫌弃林初阳,而是她怕自己承受不住林初阳那跳跃的思绪。

另外,最近写稿总觉得缺点什么,她知道,这个问题不解决,她是没办法写出自己满意的稿子的。

她翻了翻林初阳陆陆续续给她买的书,拣了其中一本,尝试让

自己的心沉静下来。

虽然和陆简成了朋友,但两人联系并不多,大多都是陆简主动找来,从周边美食聊到周边娱乐,两人偶尔也会闲聊几句,陆简不久便知道陈束从事文字方面的工作。

陆简说他最喜欢的作者是米兰·昆德拉。

关于创作,他每次都能说出几句很有哲理的话,给陈束建议的同时,也让陈束意识到,她到底存在多少不足。

一篇稿子的好坏,不仅仅取决于它能够有多少销量,能够带来多少人气和收益,还有就是它能带给读者多少感悟,对他们的精神世界产生什么样的影响。

这些本来是陈束写稿的初衷,可不知道什么时候,这些反而被她扔掉了。在文字与辞藻中间,在日复一日的拖拉中,她适应了市场,也迷失了自己。

听陆简这么一说,她突然有些迷茫。她写的这些东西,到底会给读它的人带来什么样的影响,到底有没有把别人引向正确的方向?

这些反思,就像是一座大山,压在陈束的头顶,让她觉得手指敲击键盘时,又多了几分重量。

作为陈束的软件精灵,就算现在变成人类,林初阳也还是能够准确感受到陈束的变化,只是他一时间反而没办法判断这种变化的好坏,只是发现陈束好像变得更谨慎了。

这种谨慎是对写稿的敬畏,却也束住了陈束的手脚。

"陈束,提醒你,快交稿了。"

就算是知道陈束可能遇到了困难,林初阳也不能由着陈束天天对着自己的稿子删删改改,毫无进展。

当然,陈束也不像表面看上去那么波澜不惊,她内心其实很着急,正巧这个时候,陆简问她要不要去看电影。

是最近刚上映的影片,票房和口碑都很不错。

她其实早就想看了,本来约好和易点点去的,结果没想到易点点背着她和刚认识的小帅哥一块去了,加上林初阳天天盯着她写稿子,一直拖到现在也没去。

这会儿陆简说起,陈束几乎来不及多想就答应了。

"我一会儿有事要出去一趟。"

鉴于上次的经验,陈束这次不准备告诉林初阳她到底去干什么。

林初阳仗着身高挡在门口,盯着还特意化了个妆的陈束,问:"什么事?"

"我又不是你的犯人,需要什么事情都和你交代吗?"

"可你答应了我……"

"林初阳,就算我稿子没写完,你也不能限制我的自由吧?"陈束打断林初阳,试图推开他,可碍于对方实在高她太多,她推了几下都没推动,气得她拿起包揍人。

林初阳不耐烦地抓住她的手臂,稍一用力,将她推到墙边。

他居高临下地盯着陈束,半天没说话,目光带着探究。被盯得久了,陈束莫名开始心慌。

"那个……"

林初阳眯起眼睛,微微低头问陈束:"你是不是……"

陈束心不由得一颤,急忙说道:"我出去一趟,没必要什么事情都向你报备吧?我们充其量就是合作关系,说到底,还是我收留了你,别总是搞得我是你的犯人似的。"

见林初阳一时找不到话来说她,陈束顺势推开他,眼疾手快地打开门跑出去,连电梯都不等了,直接从楼梯跑了下去。

等林初阳反应过来追出去,只看见走廊上一闪而过的裙边。

面对空荡的走廊,他闷闷不乐地喊道:"那你的稿子要怎么办?"

没等到陈束的回答,他郁闷地抓了抓头发,最终关上门。没走几步,他又回过头,对着门锁拨弄了几下。

门被反锁了。

陈束跑了几层,见林初阳没有追上来,才放心地去乘电梯。

陆简已经等在楼下,见陈束下来,他绅士地打开车门,等她坐好,才绕过车前去开车。

这类似公主的待遇,让陈束的心跳不自觉地就快了半拍,她勉强保持镇定,道了句:"谢谢。"

车里播放着陈束叫不上名字的钢琴曲,却意外好听。她下意识地看了眼陆简,心想,家里的那位怎么就没别人的半分修养。

车停在附近的一家影院,陆简下车替陈束开门,动作礼貌又周到,还不忘提醒她:"小心头。"

陆简的行为让陈束也下意识跟着端庄起来,连嘴角的弧度都克

制了几分。

电影票陆简已经提前订好,直接去取就行,时间卡得刚刚好,两人取完票、买完饮料、爆米花,差不多就可以进场了。

陈束很少和男生单独出来看电影,而陆简几乎满足了她所有的幻想。她跟在陆简身后半步的位置,微微抬头看见他的侧颜,内心升起几分不真实感。

电影是部英雄片,里面的特效和打斗情节做得都很棒,陈束抱着爆米花,看得十分入神,转头竟发现陆简正在看她。

"怎么了?"

陈束一怔,疑惑地问。

陆简微微扬起嘴角笑了笑,摇头:"没事。"

陈束也没多问,继续看电影。

电影时长接近两个小时,两人从里面出来时,外面天色已经全暗下来。

今晚的星星很亮,风扬起陈束的长发,路灯的光透过树叶斑驳地洒在路面,也拉长了两人的身影。

从电影院出来,陆简笑着问陈束:"你应该不用减肥吧?"

陈束摇头,神情略微得意:"不用,吃不胖大概是我唯一的优点了。"

她这么说完,陆简立马提议:"那去吃夜宵吧。"

"好啊。"陈束想也没想立马答应,可等她低头看完时间,又变得犹豫起来,"那个,时间好像不早了。"

"你有别的事要忙?"陆简一眼就看出她的顾虑,没做任何劝阻，直接说，"那我送你回去好了。"

陈束想起刚才陆简还请她看电影，这会儿直接回去显然有些说不过去，只好说："也不是太着急的事……"她想起林初阳，又看了看陆简，最终心一横，"没事，去吃夜宵，正好周围有家小吃店，我馋了好久了。"

"真没关系？"

陈束点头："嗯，一点小事，不重要的。"

因为就在附近，两人也就没挪车，直接步行过去。这个点的小吃店，正是人气最旺的时候，过来吃夜宵的人不在少数。陈束找了一圈，好不容易在角落找到一个位置，她让陆简过去占位置，自己则去拿菜单。

陈束对吃的向来有研究，来津州的这些年，几乎吃遍了津州所有网传的美食店，点单对她来说也是得心应手。就算是这样，她点什么之前，还是会率先问陆简的意见。

点好单，她顺便去拿了两瓶饮料过来。

"酸奶还是橙汁？"

"酸奶，谢谢。"陆简接过饮料，顺势拿起她的那瓶，替她拧开瓶盖，"你买完单了？"

从陈束抢着去给菜单，陆简就看出了她的心思，他请她看了场电影，所以她请他吃夜宵。

陈束心虚地笑了笑："这里必须先付款。"

陆简尊重她的决定，也就没计较什么，反而将话题转到了别处："最近稿子写得还顺利吗？"

说起稿子,陈束耸了耸肩,略显无奈:"谈不上顺不顺利,反正每篇稿子都是这样卡过来的,卡多了就习惯了。"

"那祝你早日卡到完稿。"陆简被她这副无可奈何的神态给逗笑,挑了下眉,难得开起玩笑。

陈束作势吓住:"别啊,卡到结局也太痛苦了,还是顺顺利利比较好。"

陆简没再继续逗她,换了个话题继续聊。

很奇怪,和陆简在一起,陈束觉得好像根本不需要刻意去找话题,随便说什么,陆简总是能顺利接上,偶尔还能轻描淡写地点出她的困惑。

吃完夜宵,陆简将陈束送到楼下,看着她上了楼,才转身离开。

2.

陈束进门前,稍微给自己打了打气,才掏出钥匙去开门。只是平时轻易就能打开的门,今天好像哪里出了问题,怎么都打不开。

走错门了?

陈束疑惑地抬头看了一眼门牌号,确定自己没走错,又试了几遍,还是没有打开。

"林初阳,开一下门。"她费力地试了几遍后,终于失去耐心,用力地拍了拍门,大声喊道。

里面安静得听不到任何动静,陈束看了眼时间,郁闷地叹了口气,担忧地嘀咕:"不会睡着了吧。"

她只好打电话回去,过了半晌,才听见有人接起来。

"我还以为你不回来了呢。"

陈束自认为出去得有点久，等了一会儿没见林初阳开门，知道他可能生气了，只能解释："事情有点多，忙到现在才忙完，门打不开了，你从里面打开一下。"

"不要。"林初阳冷漠地拒绝。

"阳阳……"

"你既然这么喜欢在外面，那就别回来好了。"

陈束从他的话里听出端倪，恍然大悟："你把门反锁了？"

林初阳冷哼一声，理直气壮地说："有问题吗？反正你的心思也不在这里，还回来干什么。"

陈束知道林初阳是在计较她下午逃跑的事，有些生气地朝门踢了一脚，愤懑地提醒对方："林初阳，这是我家！"

"那你自己开门进来啊。"林初阳故意挑衅她。

此时，已经快凌晨了，陈束盯着门，郁闷地抓了抓头发，冷得打了个哆嗦，最后决定暂时先认错。

"阳阳，我错了，你先让我进去好不好？"

"不好。"

陈束冷得跺了跺脚，知道现在自己毫无优势，只能低声下气地求道："算我求你了。我发誓，以后一定谨遵你的教诲，兢兢业业，勤勤恳恳，认真工作。"

林初阳走到门口，隔着门，悠悠地问她："你听过狼来了的故事吗？"

陈束不服气地冲门努了努嘴，说出来的话却依旧谄媚："阳阳，我知道你最好了，善良可爱，你真忍心看我在外面受冻吗？"

"不开。"说完，林初阳挂断电话，直接转身，连房间的灯都被他再次熄灭,似乎铁了心不让陈束进来。

陈束听着他渐行渐远的脚步声,在门外焦急地喊道:"林初阳,我错了,你想怎么骂我都可以,你先给我开下门好不好?"

里面安静得没有任何动静,陈束等了一会儿,又喊了林初阳几声,仍旧没有得到回应,担心会吵到邻居,只好在门口等林初阳消气。

林初阳其实一直都没睡着,注意力完全放在了门口。他知道这种天气,白天虽然暖了起来,晚上气温降下来,还是很冷的,但他仍想给陈束一点教训。

陈束自制力本来就差,加上现在对写稿子的热情又不高,整天懒懒散散的,让他不得不实行强制手段。

他刚看完的一本书上说:一个成功的人,必须对自身保持足够的自制力。

而陈束,最缺乏的就是这个。

过了一会儿,门口好像就没动静了。他劝自己,必须要狠下心来,干脆一闭眼,准备睡觉。

可他在沙发上翻来覆去,折腾到后半宿,最终还是忍不住起身,朝门口走去。

林初阳打开门,看见陈束竟然靠着墙角睡着了。

她看上去睡得并不安稳,眉毛皱成一团,后半夜降温,她虽然穿了外套,整个人还是冷得缩成了一团,脚上竟然还有几个蚊子叮的包。

　　林初阳看见她这样，仅剩的一点怒气也没了，弯腰将她抱起。

　　陈束本能地动了动，似乎感受到来自林初阳的温暖，下意识地往他怀里钻，弄得他心脏不自觉一紧，皱眉嫌弃道："真重。"

　　他吸了吸鼻子，闻到残留的油烟味，更加不满："竟然还背着我去吃了好吃的。"

　　明明他看上去极不高兴，可手上的动作却十分轻柔，生怕吵醒陈束，还细心地替她脱了鞋，帮她盖好了被子。

　　好吧，他到底没办法真将陈束关在外面一晚上。

　　然而，陈束还是感冒了。

　　第二天一早，林初阳起床后，在沙发上看了两集动漫，发现陈束还没起来，只好去叫她，结果敲了半天门，都没人回应。

　　换作平时，就算陈束不愿意起来，至少也会给个回应的。

　　林初阳以为她在生气，于是等了一会儿，见她还没有出来，心里不免犯疑。

　　陈束就算是再怎么样，也绝对不会亏待自己的胃，早中晚三顿，绝对准点。

　　他再次去敲门，在仍没得到回应之后，终于擅自打开门，然后就看见陈束躺在床上，一动不动。

　　林初阳佯装出严厉的样子，边走边说："陈束，你别以为这样就能逃避写稿。"见她毫无反应，遂伸手使劲地摇了摇她。

　　陈束终于转醒，她艰难地睁开眼睛看了眼林初阳，迷迷糊糊地骂了句："林初阳，你个浑蛋。"

　　"快起来，粟衿一会儿该找你了。"林初阳倒是不介意被她骂，见她转醒,便直起身来,冷声提醒她。

陈束皱着眉,试图起来,发现浑身无力后,干脆认命地继续躺着,连眼睛都不想睁开了。

"陈束,你快起来。"

林初阳不满她的懒惰,伸手去摇陈束,试图将对方喊起来,可陈束只是有气无力地哼了两声,便没了下文。

他这才发现陈束的体温有些高,脸颊通红,看上去不太对劲。

林初阳研究了半天,终于意识到什么。

"陈束,你发烧了。"

搞清状况后,林初阳立马焦虑起来,手足无措地对着陈束比画了一下,绕着陈束的床转了又转,嘴里碎碎念道:"这发烧了要怎么办啊?放进冰堆里,不是,我记得书里不是这么说的,那该怎么办,吃药?"

这么想着林初阳好像有了点头绪,忙跑去客厅,将药箱拿进来,马上又犯难了。

"哪种药是退烧的啊,上面都写着治疗感冒,难道都吃一点?"林初阳看了看陈束,郑重地决定道,"都吃一点,总归有一种有效果。"

"你想杀死我啊。"陈束终于找到一点力气说了句话。

林初阳闻声忙凑过去,问道:"那怎么办?"

林初阳刚才的碎碎念,陈束全听在耳里,没有反驳,是因为懒得理他,这会儿为了保命,她只能拼尽力气说:"去医院。"

"医院?"林初阳结合脑海里的所有知识,终于反应过来,"没错,去医院,现在就去。"

说完，他直接打了120。

"喂，你好，是医院吗？是这样的，我这边有个病人，病得很严重，现在已经昏迷了，能麻烦你们过来一趟吗？"

陈束怎么也没想到林初阳会打急救电话，吓得她猛地爬起来，拦住他。

"你干吗？"

"叫医生啊。"

"哪有感冒发烧叫急救的，我们自己去医院。"

林初阳这才反应过来，赶忙又同医院那边解释了一通："不好意思，我们自己赶过来，不麻烦你们了。"

见他挂了电话，陈束才总算舒了口气，踩着虚浮的脚步，迷迷糊糊地朝外面走去。

只是，她下一秒就被林初阳拦住，对方直接一用力，将她抱了起来。

两人拦了辆车，一路上，林初阳一直担忧地同陈束说话。只是陈束已经烧得有些糊涂，连他说什么都没听清，只能哼哼唧唧含糊地应着。

"烧傻了？不会吧，人类都这么脆弱的吗？我前段时间和大黄在楼下睡了一晚都没事啊。

"陈束，你可千万不能睡啊，你要是醒不过来，我也会死的。

"你坚持坚持，马上就到医院，我还不想死呢。"

"……"

司机终于听不下去，好奇地问他："小伙子，她是你女朋友啊，这么紧张？"

"不、不是。"

"那就是你喜欢她喽。"

林初阳不满地反驳："我才不喜欢她，又笨又不听话。"

司机只当他是害羞才如此，了然于心地笑了笑，似乎在感叹现在年轻人的恋爱。

"医生，她不会死了吧？"

陈束躺在病床上，一动不动，吓得林初阳死死抓着医生的衣袖，紧张地问。

他虽然对陈束出门不写稿的行为很生气，可也没想要害死陈束。作为软件精灵，他十分希望自己的主人能够平安健康地度过一生。

"暂时还没有。"医生仔细检查过后，确定只是发烧，却也没耽搁，迅速开完药，便让林初阳去药房取药。

林初阳虽然在书里听说过医院，却还是第一次进来，看什么都觉得新奇。要不是一心念着陈束的病情，说不定他能在这里转上一天。

就算是这样，护士对林初阳的取药速度还是十分不满，抱怨了一句，开始迅速准备治疗。

林初阳见护士拿着长长的针管就往陈束手上扎去，吓得立马护住陈束："她都要死了，你还这样扎她。"

"不扎，她会死得更快。"护士本就忙了一上午，这会儿以为

他是故意找茬，态度自然好不到哪去，直接将针管递到林初阳面前，"不然你来扎。"

林初阳吓得往后一退，全身警戒，妥协道："还……还是你来吧。"

护士不满地看了他一眼，动作迅速地一针扎完，确定没出纰漏，快速收拾东西准备离开，走之前看了眼躲在后头的林初阳，嘱咐道："别动她这只手，点滴快滴完的时候叫我。"

"这就完了？"林初阳脱口而出。

护士没好气道："那你还想怎样？"

林初阳悻悻闭上嘴，眼见着护士要离开，还是忍不住问了一句："这样她就会好起来吗？"

"先生，请你相信我们。"护士努力保持该有的礼貌，说完，头也不回地离开了。

林初阳凑过去仔细观察着陈束的动静，尤其是她打点滴的那只手，好像那个地方是颗定时炸弹。

他盯着看了好一会儿，略带不安地嘀咕："这样就会没事？不会炸开吧。"

护士让他在这里守着，他也不敢走动，尤其陈束现在还没醒。他捧着脸，恨不得将陈束的脸盯出一个洞来。

他还嫌弃地感叹了一句，她身体怎么会这么差。

陈束醒来时已经是下午两点，点滴还剩最后一瓶。

林初阳盯了好几个小时，见她终于有反应，还以为是错觉，直到陈束虚弱地轻声问道："这是哪儿？"

"你醒了?"他不确定地戳了戳陈束的脸颊,下一秒便激动地朝她扑过去,"你终于醒了,我还以为你会死呢。"

陈束刚醒过来,来不及做出反应,猛地被他这么来一下,整个人僵住,不悦地看着趴在自己胸前的男人,艰难地开口:"你再这样,我也活不了多久了。"

林初阳注意到陈束沙哑的嗓音,不禁有些疑惑:"不是都醒过来了吗?怎么还是这个样子,难道是药效不够?"

陈束嗓子不太舒服,看林初阳什么都不知道的样子,只好自己起来倒水喝。结果她刚撑起来,便被林初阳按下去:"不行,你这个样子得好好休息,怎么你们生病的人都这么着急出院,证明自己没事呢?"

"我只是想喝口水。"陈束气得不行,咬牙切齿道。

林初阳这才意识到自己会错了意,忙倒了杯水送到陈束面前,替她将床稍微摇起来了一点,毕恭毕敬地说:"水来了,您慢点喝。"

好在陈束这会儿刚醒过来,没力气和他计较这些,不然就凭他大半夜将她锁在门外的事,她真会跳起来揍他一顿。

林初阳也知道自己这次好像做得有点太过了,从医院回来后对陈束的态度谦恭得很,只要她稍稍抬抬手指,他就立马开口询问,生怕哪里照顾不周。

"林初阳,你别以为这样我就会原谅你。"陈束看他殷勤的样子,表情依旧冷漠,从医院回来,她就没给过林初阳好脸色,连说话也冷冰冰的。

林初阳可怜巴巴地站在一旁,抿了抿唇,道着歉:"对不起,我不知道人类原来这么虚弱,否则我一定不会把你关在门外的。"

"我虚弱?"陈束没好气地指了指自己腿上的包和仍然沙哑的喉咙,"你看看这里,你知道当晚有多少蚊子觊觎我的血肉吗?这个不说,晚上的楼道有多冷你不知道?竟然还将我关到外面。"

"对不起。"林初阳心虚地说,伸手想要去碰陈束腿上的伤口,被陈束躲开,最后只能立在一旁不动了。

陈束拿棉签涂抹着腿上的小包,那天为了见陆简她还特意穿了条裙子,走路的时候,就发觉有些冷了,哪知道林初阳竟然还将她关在门外。

"我要休假。"处理完所有伤口之后,陈束严肃地表示。

"不行。"林初阳虽然已经对她百般迎合,但提到这个总是会条件反射地拒绝。

陈束气急,在医院的时候她就提过要休假,那时林初阳闭口不答,只让她好好休息。后来再提了几次,林初阳也总是巧妙地躲过去。

"林初阳,你变了。"

"我怎么就变了?"

"你明明说你是为了让我能够重新爱上写作才来的,可你现在完全就是逼着我去做一台没有感情的打字机。你如果真的只是想要打字机的话,你可以去买的,不必费心思来找我。"

陈束特意带了几分哭腔,声音放软,听上去倒像真的委屈极了,尤其是还特意挤了点足够润湿眼眶的眼泪。

"放屁!"林初阳将不知道从哪儿学来的脏话都骂了出来,叉着腰气鼓鼓地反驳,"我作为一个有理想、有抱负的优秀精灵,怎么可能就那么点理想。"说着他手一扬举过头顶,指向窗外的烈日,"我的目标只有一个,就是让你变得更好。"

还真是不解半点风情。

陈束敷衍一笑,怨愤地收拾完桌上的药,穿着拖鞋就朝电脑走去,路过林初阳时,她干巴巴地说了句:"那我还要谢谢你啊。"

林初阳以为陈束是听进去了自己的教诲,得意地晃了晃脑袋,继续安心地看电视。

3.

陆简知道陈束看完电影回去后就感冒了,立马打电话过来询问情况,真是体贴周到。可当他说要过来看她时,陈束却下意识地拒绝了。

她本能地不想让林初阳知道自己和陆简看电影的事情,说不清具体缘由,好像潜意识里在刻意避免两人的见面。

陆简也没有强求,只说等陈束病好了,带她去吃大餐。

陈束握着手机,开心地笑着。

一旁的林初阳看不下去,忍不住吐槽:"吃错药了?笑得真傻。"

陈束没好气地瞪了他一眼:"要你管?"

"那你想要谁管?"林初阳反问。

那件事之后,陈束秉持着坚决不原谅林初阳的原则,对他的态度也从未缓和,哪怕林初阳曾无数次试图求和。

"反正绝对不是你!"

说完，她就收好手机，转身拿着电脑去了房间。

"点点，我看林初阳就是个傻子。"

陈束躺在床上，紧锁着房门，开始向易点点诉说这段时间发生的一连串事情。

手机那端传来一阵笑声，打断了陈束的叙述，易点点问她："抱歉，没忍住，所以你因为晚归被林初阳关在门外一晚上？"

"没错，直接把门从里面反锁，你是不知道当时我到底有多狼狈，简直要命。"

陈束现在想起来，还是十分生气。

易点点试图安慰道："他后半夜不是把你抱回房间了吗？还贴心地给你盖好被子呢。"

"呵。"陈束冷笑一声，"是挺好的，我后半夜就开始感冒发烧，第二天连眼睛都睁不开了。"

"他送你去医院了啊。"

"那是，我出院前，你是没看到那医生看我的眼神，你见过发烧送去急救的吗？还一个劲地问大家我是不是要挂了。"

易点点正在吃薯片，一下没忍住笑，噎得咳了半天，嗓子都咳哑了才终于缓和下来。

"人家不也是着急嘛，毕竟第一次遇到这种事。"

"易点点，你是我这边的，还是林初阳那边的？"

陈束越听越觉得哪儿有点不对，后知后觉己方战友好像成了对方战壕的同胞。

易点点反应极快，不假思索地回答："当然是你这边的，我只

是觉得这个事情……"

"林初阳是不是太过分了?"陈束在对方渐渐缓和语气后,替她说完下文。

哪知易点点接了一句:"太好笑了吧。"

"易点点!"

易点点极力憋着笑,赶紧端出一副很正经的样子,开口骂道:"林初阳怎么能够这样,住你的、吃你的、用你的,居然不知道知恩图报?你晚归,他应该规规矩矩地站在门口恭候你摆驾回宫啊,给你把茶泡好,放好洗澡水,好缓解你一身疲惫……"

"够了够了,差不多就行了。"

陈束适时打断易点点的调侃,转念想起陆简约她吃饭的事情,语气一下就放软下去,略带几分羞涩地说:"对了,陆简说要请我吃饭,庆祝我大病初愈。"

易点点虽然时常听陈束提起陆简,却并不知道两人的关系何时变得这么亲密了,她有些疑惑地问:"你们俩不会……"

"没有。"陈束下意识地否认。

易点点鄙夷地"啧"了几声,却忽然一脸正色地说:"陆简这个人,完美得有点过分了,我怎么感觉……"

"感觉什么?"陈束着急地问道。

"不知道。"易点点认真地想了想,没找出所以然,只能说,"也许是我想多了吧。"

两人聊了一会儿,易点点说最近刚认识的小帅哥约她出去玩,她要出门了,才结束通话。

陆简的邀约很快过来，那天陈束终于在林初阳的逼迫中，交了一份新的稿子给粟衿，大概是字数上的增长十分明显，粟衿感动得恨不得要从屏幕那头跑过来。

"最近状态不错，要不我和上头说说，做个系列文，最近这类文章还挺受欢迎的。"

聊天界面弹出来的一大段消息吓了陈束一跳，待她仔细看清，赶紧委婉地回绝："粟老师，我之前签了几个选题，好像都还没写吧。"

"那你先把那几个选题写完。"粟衿大手一挥，像陈束明天就能把那些东西都写完似的，末了不忘补上每次谈稿子时必说的话，"什么时候能交全稿？"

"这个……"陈束心虚地摸了摸鼻子，解释，"可能还需要一段时间，这个稿子我后面还准备修改一下。"

"殷其前段时间刚交的新稿可都在收尾了，你什么时候能够向他学习一下就好了。"粟衿恨铁不成钢地开始教育起她来。

这样的话，陈束自从写稿速度降下去之后，耳朵都快听出茧子了。

粟衿手底下的签约作者的出书速度一直是公司最佳，然而这几年，陈束拖稿，易点点刻意放缓写稿速度，导致现在粟衿手下只剩下殷其。

"我们一直都在向殷其看齐，前几天刚交流了一拨经验呢。"陈束忙应和着。

粟衿内心对此已经毫无波澜，只是冷静地回了一句话过去："我希望能尽快看见全稿。"

"我保证!"陈束发了个竖起手指发誓的表情过去,"一定会尽快的。"

话一发出去,陈束就迅速下线,也不管粟衿后面回了什么。

陆简打来电话时,陈束正在想稿子想得出神,直到林初阳不满地提醒她。

陈束忙接起电话,身体不自觉地开始紧张,声音下意识地放软,回答着陆简的提问。

陆简还是一贯温润的语调:"晚上有什么想吃的吗?"

"都可以的。"

既然这样,陆简干脆直接确定方向:"那晚上我们去吃西餐吧,我听说附近开了一家不错的西餐厅。"

陈束意外陆简怎么会知道她最近有些馋西餐:"你怎么知道我最近想吃西餐啊?"

陆简笑了笑,不予回答,只是问:"下午六点出门可以吗?"

陈束压抑着心里的狂喜,柔柔地回答:"可以,那我六点在小区门口等你。"

"晚上见。"

"嗯,晚上见。"

挂完电话,陈束猛拍着胸口,深吸了口气,压低声音尖叫了一声,转头就对上林初阳审视的目光。

"你晚上要出去?"

对方冷漠地拉着一张脸,眼神宛若寒冰。

陈束意识到自己有些得意忘形,赶忙轻咳一声,梗着脖子答道:"对,我去干什么应该不用向你汇报吧?"

林初阳似乎早有准备,从茶几底下抽出一张纸:"是吗?"

陈束为自己当年欺善怕恶,识人不清而感到懊悔。她扑上前去,试图将林初阳拿来威胁她的保证书给抢过来,哪知林初阳的动作比她迅速,瞬间就将纸重新收好。

陈束气不过,站在茶几前方,双手叉腰,愤然道:"林初阳,你别以为一份保证书就能拿我怎么样,我若不服从,它就是一张废纸。"

林初阳也不甘示弱:"你知道我有什么方法让你妥协的。"

"你敢,小心我一气之下真不写了,连软件都给卸载掉。"

这句话一出来,连陈束都怔住了,她呆愣愣地立在那儿,微张了张嘴,又不知道该说什么。

气氛渐渐冷下来,两人面面相觑,最后还是林初阳先开口,语气里尽显失落:"原来,它对你来说,已经可以随时放弃了啊。"

就算是气话,陈束也从没想过自己会这么轻巧地将这些说出来,可面对林初阳,她本能地不想示弱。

"关你什么事!"

陈束直接拿起桌上的电脑,转身朝房间走去。门被她摔得极响,感觉整座房子都在颤动。

林初阳郁闷地嘀咕:"明明还很喜欢啊,干吗要说这种话气我?"

晚上,陈束早早准备好去赴约,虽然她已经提前,不想下去的

时候,陆简竟然已经在了。

"你来早了。"

陆简笑着提醒陈束。

陈束反问:"你不也是?"

陆简的车上总是放着一些小众,但听上去让人十分舒适的纯音乐。当车经过第三个红绿灯路口的时候,陆简状似无意地问她:"你来津州多久了?"

陈束认真地算了算,回答:"八年了,大学也是在这边读的。"

"津州大学?"

"津州商学院,学的会计。"

"那怎么会从事写作?"

这样的问题,陈束不是第一次被问及,但每次她都会认真解释。

"大概是因为喜欢吧,想把那些没经历过的人生都在写作的过程中体验一遍。"

"很浪漫。"

陆简脸上的笑容温暖,让原本听上去幼稚的想法,在他这里充满了诗意,变得真如他说的那般,是件浪漫的事。

只是……

"浪漫的背后,其实很艰辛的,当梦想变成了生活,需要努力调整状态,才不至于泼得自己一身油盐酱醋。"

"听上去,你好像遇到了烦心事。"

陈束无奈地笑了笑:"也不算是烦心事,只是不知道从什么时候开始,写稿已经不再是件快乐的事情,我没办法从里面获得成就感,变得越发无力,有时候甚至会想,自己到底还适不适合从事写

作。"

陆简听得很认真,沉默了好一会儿,最后提出建议。

"你或许应该休息一段时间,然后再来确定自己下一个阶段的目标。"

陈束心里某处柔软的地方,像是被什么扎了一下。

休息的想法,粟衿不是没提过,但陈束好像也不知道具体应该做什么。这些年她宅在家里,已经快习惯了这种生活方式,突然要做出一些改变,反而变得迷茫。

显然,陆简也看出了这一点。

他说:"不知道做什么的话,就好好睡一觉。"

陈束深吸了一口气,压住鼻尖的酸涩,转头看向陆简,郑重地说,"谢谢你,好像每次和你聊天,总能受益匪浅。"

陆简微微偏头看了她一眼,温柔地解释:"旁观者清罢了。"

那家新开的西餐厅离小区有段距离,陆简提前订了位置,来的路上又恰好避开了拥堵路段,两人到的时候,店里还算空荡。

陈束本来想照着以前的喜好点,不想陆简主动给她推荐了店里的新菜品,听说是刚请来的国外厨师研发的,味道很不错。

两人边聊边点,点了不少,末了,陆简还加了一瓶红酒。

"一会儿还要开车。"陈束提醒。

"就一杯,既然是庆祝你身体痊愈,总得喝点酒才有气氛。"陆简淡淡地笑着,让人感觉无比舒心,"等会儿可以叫代驾。"

如此,陈束便找不到推辞的理由了,只是,这种场合下,气氛好像突然变得有些暧昧,令她不自觉地紧张起来。

　　好在餐厅上菜很快，加上陆简善于言谈，没多久便将话题引到了别的地方。

　　两人离开西餐厅时已经是晚上九点，知道陈束在忙稿子的事情，陆简也没有提议再去别的地方，直接将陈束送回了家。

　　大概是喝了点酒的原因，两人交谈的兴致都很高，边走边聊，陆简建议陈束，如果写稿真的已经让她有那么大的负担的话，倒不如重新将会计捡起来，从中找到平衡。

　　自从开始写作之后，陈束好像从来就没有想过退路，这会儿陆简突然提起来，反倒让她内心升起了一丝怯意。

　　大学时她就试着在网上投稿，当时虽然文笔青涩，但故事架构不错，名气渐渐积攒起来。大四那年她就直接与现在的公司签约，一路顺风顺水，自然也就没再去寻找别的工作。

　　陆简看出陈束的担忧，劝说道："或许在这过程中，你会重新找到对写作的热爱。"

　　"也许，我最后发现自己其实什么都做不好。"陈束悲观地想。

　　"没有人生来就什么都会，也没有人什么都不会，都只是一时还没有找到真正适合自己的。"

　　陈束忽然停住，抬起头露出灿烂的笑容，路灯的光洒在她微红的脸上，看上去明亮动人。

　　她说："陆简，谢谢你。"

　　陆简伸手摸了摸她的头，嘴角微微扬起："怎么突然这么客气？"

　　"因为……"

"陈束!"

陈束的话还来不及说完,就看见林初阳气冲冲地朝这边冲过来,一把将她拉到自己身边,愤然道:"说有急事需要出去一趟,不顾和我的约定,原来是为了和别的男人偷情?"

"什么叫偷情!"陈束试图甩开林初阳的钳制,没成功,只能先做解释,"陆先生和我只是朋友,他因为我上次感冒的事情感到抱歉,邀请我一块出来吃饭,我来赴约,哪像你说的那样。"

"那你对他笑什么,还让他摸你的头。"

陈束不好意思地看了一眼陆简,解释:"我心情不好,他好心安慰我。"

"你心情不好为什么不和我说,反而去找一个外人来安慰你。"

"外人"这个词,让陈束有些羞恼,连音量也大了几分:"林初阳,你别无理取闹好不好!"

林初阳不想和陈束争辩,转而去告诫陆简:"陆什么是吧,你——"

因为是在晚上,加上前面的关注点都在陈束身上,林初阳直到现在才看清陆简。

看清陆简的那一刻,林初阳的心脏像是被一拳重击,那张脸,不能说是熟悉,而是记忆深刻,就像是刻在了脑子里,从未敢忘记。

相比林初阳的惊讶,陆简就显得平静太多,平静到似乎早已知晓情况,脸上还是淡淡的笑容,礼貌道:"你好。"

"你怎么会在这儿?"林初阳警惕地将陈束拉到自己身后。

陈束明显感觉到林初阳抓着她手腕的力道变大。

"你对我的敌意还真大。"

林初阳脸色冷下去,警告陆简:"你最好离陈束远点,她的事情,轮不到你管。"

陆简轻轻挑了下眉,看上去依旧那般温文尔雅,实际上已然动怒:"哦?那应该让谁来管,你吗?"

"那不是你应该操心的事!"

说完,林初阳没作半点停留,直接拉着陈束离开。陈束本来还想回头跟陆简道个别,结果被林初阳伸手拦下来。

站在原地的陆简看着两人背影,半眯起眼睛,看似笑意更深,实则冷漠至极,只听他若有似无地呢喃了一句:"有点意思。"

第五章 我以为我们已经是朋友

1.

陈束被林初阳直接拖回家。路上,她好几次想要开口解释,都被他的脸色给吓得收了回去。

陈束还是第一次见林初阳这么生气,像点了引线的炮仗,下一秒就能炸开,这会儿凑过去,定会被炸个体无完肤。

当然,就算她不近身,也逃不掉这层危险。

门被林初阳气鼓鼓地甩上,回音在走廊里转了好一阵才消停。陈束被林初阳大力地扔在沙发上,他似乎觉得这样还不够,直接朝陈束电脑走去,像是为了证明自己先前的警告。

陈束看出林初阳的意图,眼疾手快地跑过去死死抱住林初阳的腿:"林初阳,我错了!"

"你放开我,别跟我来这套,没用。"

虽然这样说,林初阳还是停下了脚步,低头看向陈束。

陈束不仅没放开,反而抱得更紧了,求道:"阳阳,我真的知道错了,求你,放过我无辜的文档吧。"

"放开！"

"不放。"陈束委屈巴巴地看着他，"我知道我错了，我不该瞒着你去和别人吃饭，还骗你说是有急事，违背了我们之间的约定。你就念在我是初犯，放过文档吧，它是无辜的。我保证，以后什么都听你的。"

"这话我都听烦了。"

"这次是真的。"陈束举着手对天发誓。

林初阳沉默了许久，久得陈束差点连眼泪都给憋了出来，才终于听他开口："起开，我有事问你。"

陈束试探性地松开了些，随即又不放心地再次抱紧："你真放过我的文档了？"

"让我去沙发。"林初阳不耐烦地解释。

陈束这才松开手，心虚地埋头站在一旁，像犯了错要挨训的小孩。

林初阳端起桌上那杯早就冷掉的水喝了一大口，仍未平息心中的怒火。他重重地将水杯往桌上一放，沉声问道："你和陆简是怎么认识的？"

"我——"陈束本能地想反驳，但此刻面对林初阳，只能坦诚回答，"漫展上他帮过我几次，后来发现我们居然是邻居，就互相留了个联系方式。"

林初阳冷哼一声，大概想到了其中的缘由，不免嘲讽："你还真是肤浅到对长得好看的人从不设防。"

事实是这样没错，陈束却还是忍不住小声地替自己辩解："我

要是不那么肤浅,你怎么可能会那么简单就住进来了。"

林初阳瞪了她一眼,继续解决自己的疑惑。

"进展到哪一步了,你喜欢他?"

"没有,我不喜欢他。"陈束否认,却照实告诉林初阳,"就看了场电影,吃了几顿饭,偶尔打打游戏。"

"你们是在交往?"

陈束忙摇头:"陆简一看就是那种站在云端、不食人间烟火的人,怎么能用这种龌龊的心思去对待他?我只是觉得他很有想法,和他聊天总是能够有所感悟。"

"那就是喜欢。"林初阳淡漠地总结,然后十分严肃地强调,"你不准喜欢他。"

"为什么?"陈束本能地反问。

"因为——"林初阳话说到一半忽然顿住,沉默了好一会儿才接着说,"反正你就是不准喜欢他。"

陈束不服气地努了努嘴:"什么嘛,原因都说不清楚,却要干涉别人的感情。"

林初阳看陈束不服气的样子,有些不放心地强调:"总之,你就是不准喜欢陆简,也不准和他再有来往,尤其是网络往来,做不到的话,我、我就去动你的文档。"

"林初阳,你——"

林初阳打断陈束,提醒道:"别忘了,你骗了我的账,我还没跟你算呢。"

陈束只能将剩下的话一并吞下,不情愿地应道:"哦。"

"你要把我的话时刻记在心里。"

"嗯。"

"认真点回答。"

"知道了。"陈束忙点头，见林初阳怒气没那么大了，才试探着开口，"我现在可以走了吗？"

"那你在这儿站着好了。"

陈束讨好地咧嘴笑了一下，连忙溜走了。

林初阳趁着下楼喂大黄的时间，单独去找了陆简。

陆简似乎猜到他会过去，开门的时候，没有一丝惊讶，甚至淡然地说了一句："来了。"像是接待相识已久的故友。

当然，两人的交情确实不浅。

林初阳站在门口，犹豫了一下，终究还是抬脚进门。

"记得换鞋。"陆简提醒。

林初阳低头看见门口摆着的拖鞋，虽不情愿，还是依言换了。也不等陆简招待，他就径直走到沙发边坐下。

"说吧，你找上陈束到底为了什么？"

陆简没因林初阳的失礼而生气，倒像见惯他这样，慢条斯理地倒了两杯茶，递给林初阳一杯，浅笑着开口："你要理解成是为了你，也不算错。"

林初阳最见不惯陆简这样，显得他在无理取闹一般。

他过去一把抓住陆简的衣领，警告道："陆简，你别想在陈束身上打主意。"

陆简轻笑一声，略微遗憾地提醒他："你以前会叫我一声大哥。"

林初阳微顿，一把甩开陆简，重新坐回沙发上，别过脸没好气地说:"早八百年前的事情了,谁会记得?"

"那你是不是也忘了,我要做什么,向来志在必得。"

林初阳转头对上陆简阴郁的目光,心没由来地一颤,他强稳了稳心神,才说:"我不会让你有机会动陈束的。"

陆简轻挑了下眉,已经恢复到那副温润的样子,端起茶几上的茶,浅抿一口,遗憾道:"原来你信了那些传言?"

"那些难道不是事实吗?"林初阳反问。

"我只是清理一下这个世界的环境。"

虽然早就已经接受了某些事实,可从陆简口中听到这些话,林初阳感觉心脏像是被谁捏住,闷得难受。

他表情微变,尽量让自己显得平静一点:"你果然已经不是我认识的那个陆大哥了。"语气难掩失落。

"原来你真的什么都忘了,我记得我告诉过你,千万不要轻信人心。"

"我只记得有人跟我说过,有时候守护比看清人心更重要。"

陆简嗤笑一声,评价:"那个人可真傻。"

"是吗?我宁愿他傻一点。"

林初阳并不打算在这里久留,他起身准备离开,还没迈开步子,又转过身,看了一眼陆简,端起桌上那杯茶一饮而尽。

从陆简家里离开,林初阳在楼下和大黄待了一会儿,买了几瓶啤酒,给大黄带了两个鸡腿。

他有一下没一下地摸着大黄的头,好几次欲言又止,最后什么也没说,只是拿起酒猛灌了一大口。

下一秒,他便将酒全吐了出来,端详了一眼酒瓶,嫌弃地往旁边一放:"什么破东西,一点都不好喝。"

然后,他抢了一个给大黄的鸡腿,不管大黄幽怨的目光,不客气地吃了起来。

林初阳回去,已经是中午。

门一打开,就看见陈束站在门口,叉着腰严肃地问道:"林初阳,你干什么去了?"

林初阳抬手揉了揉陈束的头发,在对方发怒之际,将那一袋啤酒递上前去。

陈束接过那袋酒,一脸疑惑:"你买酒干什么?"

"拿去找灵感。"林初阳拍了拍她的肩膀,满脸倦容地跑沙发上面躺着了,闭上眼睛前还不忘提醒她,"快点写稿,一天都快过完了。"

陈束见林初阳有点恹恹的,也就没跟他计较那么多,拎着酒又看了好几眼,还是弄不明白,林初阳一大早出去拎一袋酒回来,真是让她找灵感?

可最后,她将酒塞进冰箱,什么也没问。

易点点在群里问大家这个月准备怎么聚会的时候,大家都没有回应,气得她挨个打电话找人。

陈束正被稿子弄得焦头烂额,电话响起,她下意识地去够了够,没够着,于是指挥林初阳。

"林初阳,看下是谁的电话。"

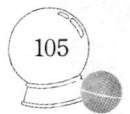

"怎么自己不看?"林初阳不满地抱怨,但还是将电话递给了她,"易点点。"

陈束疑惑,随即看到群里的消息,赶忙接起电话:"点点,写稿子呢,正准备回消息。"

"不用了,我就是来通知你一声,下周的聚会,正好你生日,就定你家好了。"

"什么!"陈束惊呼,连连拒绝,"不行,到我家来干什么,你又不是不知道我家什么情况。"

"不就是背着大家养了个男人吗?怎么,还见不得人了?"

大概是没人回消息,易点点的语气听上去很不好,陈束这时候只敢弱弱地推托:"我一个公众人物,要是被发现偷偷养男人,会损害我的形象的。"

易点点轻蔑地冷哼一声:"别太把自己当回事啊,就你那点人气,除了嫁给莫名,出不了什么大新闻。"

"点点……"

"行了,就这么决定了,殷其都同意了。"

说完,易点点直接挂了电话,没给陈束讨价还价的机会。

陈束郁闷地盯着手机,往椅背一靠,朝空气踹了两脚:"殷其不是在闭关写稿子吗,怎么还有空参加聚会?"

那天被林初阳直接带走,陈束后来去和陆简解释,说林初阳是自己的表弟,刚来津州,暂时借住在她这里。

陆简没有揭穿陈束的谎言,甚至还说,下次有机会请她和她表弟吃饭。

陈束回想起两人见面的场景,不由得警觉起来,坚决不允许类似的场景发生,委婉地表示:"再说吧。"

她总感觉两人不像刚认识,尤其是林初阳见到陆简后,惊喜又紧张的情绪。

陈束想不通其中的缘由,最终,决定去问林初阳。

"林初阳,坦白吧。"陈束过去抢走林初阳刚泡好的泡面,拿到自己面前,压住。

林初阳看了一眼时间,伸手想去拿回来,却被陈束拦住,无奈地解释:"你自己说了要减肥,坚决不吃垃圾食品,我才没给你准备的。"

"不是这个。"

"那是什么?"林初阳心系泡面,神色紧张,"三分钟是最佳食用时间,再不吃面就泡发了。"

"穷讲究,吃进肚子里还不是一样。"陈束白了他一眼,继续盘问,"你和陆简到底是怎么回事?"

"陆简?"林初阳脸上的表情明显一僵,但很快恢复如常。

他作势想了想,装傻充愣道:"就上次跟你一块回来那个人?他怎么了?"

"别给我装。"陈束用筷子敲了敲碗,"你和陆简是不是早就认识?"

林初阳不予承认:"我怎么可能和他认识?"

陈束怀疑地半眯起眼睛,审视着林初阳,显然不相信他的说辞:"上次我还没跟你说他是谁,你怎么会知道他的名字?"

"我看到的。"林初阳指了指陈束的手机。

"那你为什么对他那么抵触?"

"抵触?"林初阳不服气地冷哼一声,"我就是单纯看不惯他,长得没我好,还一门心思想勾引女孩子,也就你这种笨蛋会上钩。"

"就你这样,也好意思自我满足。"陈束嫌弃地努了努嘴,又确认了一遍,"你和陆简真的不认识?"

"不认识,我来这里才多久,楼下快餐店的小哥倒是认识不少,他也是?"说着,他趁陈束不注意,将泡面抢回来,吃了一大口,不满地抱怨,"都泡软了,说了三分钟的最佳食用时间,被你给耽误了。"

陈束没问出什么,于是将桌上那瓶酸奶喝了一半,故意说:"林初阳,你胖了。"

林初阳无所谓地笑了笑:"没事,他们都说我胖点好看。"

陈束被气得牙痒痒,冷哼了一声,转身离开。

2.

经过林初阳这么一闹,陈束和陆简的联系倒真变少了,不过偶尔下楼吃个早餐,还是会撞见。

楼下有家早餐店,粥和粉面都做得不错,陈束是常客,后来认识陆简后,就推荐给了他。

因为店里生意太好,没有外卖服务。之前林初阳下楼喂大黄的时候,陈束总是会让他带一份上来,最近大黄被保安收养了,林初阳也就很少下楼了,陈束只能自己去买。

林初阳最近也不知道怎么回事,每次她前脚刚出门,他后脚便

跟了上来，还美其名曰顺路。

连续几次之后，陈束不乐意了。

"你怎么又来了？"

林初阳拌着手里那碗牛肉面，看了一眼陆简，笑着回答："你是我姐，我现在走投无路，不跟着你跟着谁啊？"

在三人第二次碰面的时候，陈束就分别介绍了一下两人，同时暗暗警告林初阳，千万别给她说漏嘴。

陈束被他说得找不到理由反驳，只好憋着火，假笑着暗暗踹了他一脚，同陆简解释："我弟弟从小就比较黏我。"

陆简淡淡笑着附和："看得出来，你们关系很好。"

林初阳得意地扬起下巴，一语双关："那是，我们的关系可不是旁人轻易能够插足的。"

好个鬼。

陈束瞪了林初阳一眼，干巴巴地笑了笑，心里却已经将他骂了个遍。

陈束一去出餐口拿东西，林初阳便立马收起那虚假客气的笑容，严肃地表示："我不会让你有机会伤害她的。"

"她最近好像遇到了困难。"陆简漫不经心地感叹。

"那和你也没关系。"林初阳审视着他，"你准备在这里待多久？"

陆简眼里闪过一丝阴郁，冷着脸反问："我回去会是什么结果，你不知道？"

"你是我们当中最优秀的精灵，他们不会对你怎么样的。"

陆简冷笑一声："现在，你觉得他们还会对我礼遇有加？林初阳，系统的规定有多严格，你不会不知道吧？"

"你做错了事——"林初阳见陈束过来，立马收声，敷衍地冲陈束笑了笑，接过她手里的牛肉面，道了声"谢谢"，便毫不客气直接吃了起来。

陈束诧异地看着林初阳，生气地踹了他一脚，不情不愿地转身再次去出餐口。

等她一走，林初阳才继续刚才的话题："受惩罚也是应该的。"他看了一眼陈束，对陆简说，"陈束是个很好的女生。"

"那也不能改变她在创作方面已经变成了一个废物的事实。"

陆简的评价，让林初阳生气地一摔筷子，怒道："她是不是废物跟你没有一点关系。"

说完，他大步朝陈束走去，拿过她手里的早餐，跟老板说了一句打包，不等陈束反应过来，便拎着早餐拖着陈束直接离开。

路上，陈束不满地问道："林初阳，你又怎么了？"

林初阳转头瞪了一眼她，任性地表示："忽然想回家吃泡面了。"

"你！"陈束被他气得没了脾气，不悦地控诉，"那你一开始怎么不在家直接吃泡面？"

"刚刚才想到。"

陈束疑惑地看向林初阳，不太相信这个理由，明明刚才得知她要去吃牛肉面的时候，他可是很开心地跟来的。

连续几次之后，陈束越发觉得林初阳就是见不得她和陆简在一块，其中缘由，陈束想了好几天，最终怀疑——

"林初阳，你不会喜欢上我了吧？"

"哈？"林初阳略微震惊地抬起头，露出一个十分敷衍的笑容，反问她，"我疯了吗？"

陈束半眯起眼睛，死盯着林初阳，生怕错过他的任何一丝变化："那你倒是说说，为什么总是拦着我和陆简接触？"

林初阳作势想了想："有吗？"

"哪里没有！"陈束气鼓鼓地开始叙述，"自从上次见到陆简之后，你就拼命地想在我们中间插上一脚，这种带有占有性质的行为，可不就是吃醋。"

林初阳不屑地撇了撇嘴："写小说呢，全世界都喜欢你。"

"不是喜欢我……"陈束郁闷地想了想，猛然间恍然大悟，"那你不会是喜欢陆简吧？"

林初阳整张脸瞬间黑了下去，不耐烦地将陈束推走。

"你快写你的稿子去吧。"

陈束才不害怕他的威胁，揉了揉额头，纠结得眉毛皱成了一团，真诚地问："那你到底喜欢谁啊？"

"你管我喜欢谁。"林初阳被她气得不轻，暂时不想理她。

陈束讨好地笑了笑，解释："我这不是关心一下你的感情生活嘛。"她似乎没有意识到两人的话题已经发生了严重的偏移。

关于生日的事，陈束深思熟虑之后，决定去和林初阳商量一下。虽然说现在林初阳也算是家里的一分子，但她还没想好要怎么跟大

家解释他的存在，斟酌之后，决定让他稍微回避一下。

"阳阳，你这个周末有外出安排吗？"

她笑得很是刻意，连语调都比平时软了半分。

林初阳一眼就看出陈束意图不轨，也不准备和她绕弯子。

"有话直说。"

被人直接拆穿，陈束多少有些不好意思，随即收起那做作的姿态，纠结了一会儿，最终深吸了一口气，坦然道："周末，我想在家好好写稿，你想不想去外面转转，正好最近气候适宜，十分适合郊游……"

"你要赶我走？"

面对林初阳的质问，陈束心虚地埋下头，嘴唇轻抿，微微抬眸，小心翼翼地替自己辩解："没有，我就是想安安静静地写稿。"

林初阳轻蔑地冷哼一声："那我回房间就行，为什么非要我出去？"

"你好不容易来一趟这里，天天闷在房间多无趣啊，得适当出去走走。"

林初阳委屈地拉下脸，控诉道："我看你就是嫌我碍事，想赶我走就直说，用不着这么拐弯抹角，我听得懂。"

这张好看的脸露出委屈的神情，让人看着忍不住就心疼起来。

陈束连忙否认："不是的，我……"她犹豫着叹了口气，索性摊牌，"是我朋友这周末要过来，你在的话，我不知道怎么跟他们解释你住在这儿。"

"哦……"林初阳略微伤感地垂下眼眸，"陈束，我原本以为我们已经是朋友了，可现在看来，我对你来说，始终是外人。以后我要是离开了,你应该也不会记得我吧。"

陈束心里没由来地泛起酸涩,她确实一直都将林初阳当作随时可能离开的人,可被他这么指出来的时候,多少有些过意不去。

有些人出现得突然,也知晓他们早晚会离开,她害怕成为留在原地那个。

站在原地,挂念一个人的滋味,连想起来,都是难受的。

"我……"陈束不知道怎样去同林初阳解释,最后只能选择沉默。

没想到,林初阳下一秒已经恢复过来,拿出平时刻意教训人的严肃模样:"周末让我出去也可以,但是这周我必须看到你的稿子有十万字。"

"什么!"陈束不可置信地惊呼出声,她现在才写了七万多一点,放在三年前,这点字数对她来说,完全不是问题,但现在就是天文数字。

林初阳不耐烦地打了个哈欠:"做不到的话,我就当你什么都没说,写稿去吧。"

陈束纠结地抠了抠衣角,最后心一横,凑到林初阳旁边,扯着他的袖子开始讨价还价:"我错了。我知道周末因为我的原因让你在外漂泊不太好,但是他们非要吵着来我家,你在的话,我怎么跟他们解释你的存在?他们都知道,我其实没有表弟。"

林初阳从她手里抽出自己的袖子,铁面无私道:"那就写到十万字,今天才周三,时间够了。"

"哪里够啊。"陈束赶忙给林初阳倒了一杯茶,"我的速度你又不是不知道,就算是做一只锲而不舍的乌龟,我也是追不上兔子的。"

"那我周末在家睡觉好了。"

"别啊，我虽然知道自己是一只爬得十分慢的乌龟，但我相信，只要我一步一步踏踏实实地往前赶，也一定会到达终点的。"

陈束说得义正词严，表情别提多激昂，只是一说完，她便讨好地凑到林初阳面前，试探道："所以八万五千字好不好？"

林初阳转了个身，不准备和她啰唆。

"九万字，好不好？"

林初阳装作没听见，直接拿起茶几上的平板电脑，打算看电影。

"九万三千字。"陈束抽走平板电脑藏在身后，可怜兮兮地看着林初阳，"真的不能再多了，我的实力你不是比谁都清楚吗？九万三千字是极限了，我答应得再多，都是空头支票，没有意义的。"

"阳阳……"

林初阳抬头就对上陈束那要哭出来的模样，还真是可怜极了。本来就瘦小的脸，这会儿皱成一团，和楼下大黄讨鸡腿时，一模一样。

他别过脸，淡淡地说："这周六书店有活动，我过去看看。"

见林初阳同意，陈束激动地一把将他抱住，连连道谢："林初阳，我就知道你是个好人，全世界都找不到几个像你这么善良的人了。你就是人间天使，我爱你——"

林初阳被陈束勒得喘不上气，费了好大劲才将她推开，心有余悸地往旁边挪了好远，警惕地申明："别以为夸我几句，我就会不要你交九万三千字。"

陈束赶忙收敛，规规矩矩地重新回到自己的位置上，郑重地点头附和。

3.

周六，易点点和殷其一块过来，还邀请了一些作者同行。他们都是因为各种活动认识的，又在一个城市，慢慢地也就熟络起来。

易点点一进来，就在房间搜罗了一圈，最后问陈束："人呢？"

陈束当然知道她在找谁，淡定地解释："有事出去了。"

今天一早，林初阳就收拾好直接出门了，离开前不忘提醒陈束那九万三千字，最后祝她玩得开心。

真是哪壶不开提哪壶。

陈束盯着林初阳离开的背影，气鼓鼓地做了个鬼脸。

易点点不满地拉下脸，审视道："是不是你故意让他出去的？"

陈束脸上的笑意深了几分，一脸真诚地否认："怎么会，他是真有事。"

将大家都安顿好，陈束和易点点下楼去门口超市买东西。本来殷其准备一块去的，但陈束看他一脸憔悴的样子，知道他可能又连着好几天都写到很晚才休息，遂拒绝了。

出门后，陈束立即问易点点："你叫的俞小鱼？"

易点点耸了耸肩，无奈地表示："她应该是从我朋友圈知道了，然后去找的殷其吧，我主动找她干什么。"

其实她们也不是排斥俞小鱼，只是俞小鱼曾经还是殷其的粉丝的时候，没少在微博上和易点点吵过，说她们抱殷其的大腿。

结果后来自己进了写作圈，借着殷其粉丝的身份，一下圈了不少粉，微博粉丝也跟着翻了番，对着殷其，天天偶像偶像地喊着，别提多狗腿。

殷其向来不怎么关注网上的消息，并不知道俞小鱼和易点点之间的事，出于对粉丝的关心，顺势将俞小鱼拉进了他们的圈子。因为殷其的关系，她们也不好直接甩脸色。

俞小鱼倒是把粉丝身份贯彻到底，只要哪里有殷其，她保证能第一个到场。

陈束耸了耸肩，没再继续这个话题。

两人照着早就准备好的清单在超市挑挑拣拣食材，还买了不少零食，最终提着两个大袋子从超市回去。

一离开超市，陈束就后悔了："点点，你说我为什么要拒绝殷其的提议？"

易点点提醒她："你觉得殷其能帮你什么？"

陈束想起殷其那细胳膊细腿，还是认命地自己提回去。

"陈束？"

耳边突然传来一声熟悉的呼唤，陈束本能地回头，看见陆简站在不远处，阳光给他镀了一层柔暖的金边。

陈束感觉一阵恍惚，暗叹，这才是天使吧。

她很快恢复过来，笑着冲对方点了点头，问道："你这是要出门？"

"嗯，出去办点事。"陆简倒也不隐瞒，目光落在陈束手里的东西上，"你们这是……"

易点点认出陆简就是上次漫展碰到的那个人，不等陈束开口，已经热情地凑上前解释道："我们过来给陈束过生日。"

陆简疑惑地看向陈束:"今天你生日?"

陈束尴尬地笑了笑:"好像是这么回事。"

"那生日快乐。"陆简猛然发现自己两手空空,有些不好意思地说,"抱歉,先前不知道,没准备礼物。"

"小孩子才会期待礼物,我的话,祝福就够了。"

易点点适时插进来一句:"既然这样,陆先生事情忙完,要不跟我们一块替陈束庆祝生日吧?"

陆简淡淡地笑着,嗓音温润:"我还是先帮你们把东西提上去吧。"就刚刚说话这点时间,陈束已经换了好几次手,而易点点干脆将东西放在了地上。

陈束本能地想拒绝,哪知易点点速度极快,往旁边一挪,说道:"那就多谢陆先生。"

陆简一把提起地上的袋子,示意陈束给他带路。

陈束之前完全没想过邀请陆简,两人充其量也不过是比邻居更熟络一点的朋友,何况,林初阳好像真的不希望他俩有所接触。

那次将她直接从早餐店带走之后,就主动揽过她带早餐的活儿,根本没让两人再有碰面的机会。

一屋子人已经各自玩开,将客厅挤得满满当当。

见陈束出去一趟还带了个朋友上来,大家就开始打趣:"丸子,可以啊,什么时候背着我们认识了这么一位大帅哥?"

陈束的笔名叫"酒酿丸子",大家私底下都叫她"丸子",只有易点点非要连名带姓地喊她陈束。

"别乱说。"陈束赶忙解释,"给大家介绍一下,这位是我前不久刚认识的邻居——陆简，刚才在楼下遇见，就一块上来了。"

末了，她又对陆简说："这些都是我的同行和朋友，说话直，你别介意。"

"不会。"陆简浅笑着摇了摇头，自我介绍道，"陆简，很高兴和大家认识。"

林初阳半路杀回来，是陈束始料未及的。

敲门声响起的时候，陈束正好在靠近门的位置，心里还犯疑，谁会在这个时候找她？

开门看见林初阳，她下意识想将门关上，哪知林初阳比她还快一步抵住门。

陈束力气比不过林初阳，担忧地扫了一眼屋内，小声地问道："你回来干什么？"

"早上出门太急，忘带钱包了。"林初阳说，"帮我把钱包拿来。"

陈束烦躁地瞪了他一眼，不情愿地去拿钱包，结果步子还没迈出去，又被林初阳拽了回去。

只见对方的目光忽然沉下去，推门大步往里走去。

陈束拦住他，压低声音警告："你干什么，说好了今天把家里的空间留给我的。"

林初阳被她拽得迈不开步子，干脆停下来，回头冲她冷笑一声："我怎么不知道，你的朋友里还有陆简？"

陈束心里"咯噔"一下，凉了半截，赶忙解释："不是你想的那样，是我和点点下楼买东西，正好碰见他，他见我们提了很多东西，就帮我们搬了上来，又知道是我生日，所以就……"

"今天是你生日？"林初阳听到最后目光又冷了几分。

陈束意识到自己说漏嘴了，懊恼地倒吸了口气，赶紧赔笑讨好林初阳："那个……你不是要钱包嘛，我现在就去给你拿。"

"陈束！"

林初阳声音不小，一时间，房间里的所有目光都转向门口。陈束郁闷地暗骂了一句，面对所有人的疑惑，只得笑嘻嘻地同大家解释："那个，跟大家介绍一下，我老家的亲戚，林初阳，最近来的津州，暂时借住在我这儿。"

其中一人恍然大悟："哦……我就说你房间怎么会有男人的东西。"

陈束尴尬地笑了两声，没往下接话。

林初阳盯着陈束，问道："你生日，陆简可以来，我却要回避？"

"他是点点邀请上来的。"陈束赶忙撇清关系，不惜拉易点点下水，无奈林初阳根本不在乎事情原委。

"陆简跟他们就很熟吗？我是外人，他就不是？"

"没有，你怎么可能是外人？何况，陆简真不是我喊来的。"

哪知林初阳根本不想听她解释，大摇大摆地走进去，也不着急坐下，干站在一旁，同在座的各位打了声招呼："你们好。"然后转头故意问陈束，"怎么没跟我说今天有这么多朋友要来？我也好回避一下。"

这话说的。

陈束心里已经把林初阳从上到下骂了个遍，却还要觍着脸笑着说："这几天忙稿子给忙忘了，你不也挺忙的吗？"

"不好意思，"他没理会陈束，回过头问大家，"应该不介意多我一个吧?"

他那温良无害的脸,加上那天真又澄澈的神情,任谁也不忍拒绝。

"不会不会,荣幸之至。"说着,好几个人已经开始给他挪位置。

陈束不等林初阳入座,对着在座的朋友说了句:"我有点事和他说,你们先玩。"说完,就将林初阳强行拖到了玄关处。

"林初阳,你讲点理,别给我添乱行不行?你明明说好今天把家里留给我的。"

"我在就是添乱,陆简呢?"

他怎么偏偏就和陆简杠上了,陈束无奈:"怎么又扯上陆简了?都说了是个意外。"

"那我也不走了。"

"林初阳……"陈束不敢发怒,只能委屈巴巴地控诉,"你都答应了我的。"

林初阳眼眸一沉,垂下眼睑,看上去失落极了。

他说:"陈束,我以为我们已经是朋友了,结果你生日,全世界都知道,唯独瞒着我。"

这……

陈束的态度顿时软了下去,踌躇着,最终却只能含含糊糊地回答:"我没有瞒着你的意思,我只是……"

她只是不知道怎么跟大家解释,家里忽然多了一个男人,或许她内心其实并不想太多人知道林初阳的存在。

最终,她放弃抵抗:"那你留下来吧。"

她最是见不得林初阳用那双好看的眼这样直勾勾地看着她,好

像她做了多么伤天害理的事,莫名让人心虚。

林初阳见陈束答应了,立马露出满意的笑容,在人群中入座,目光落在陆简身上时,故意问道:"陆先生今天也有空?"

陆简淡淡一笑,给人一种如沐春风的感觉,这要是放在屏幕上,不知道能迷倒多少少女。

他冷静地回答:"还行,不怎么忙。"

"是吗?我怎么听说陆先生周末很忙。"林初阳轻巧地拆穿对方,并不在乎他是陈束请来的客人。虽然目前来看,对方比他要更早融入当前的环境。

"帮人补习的事,我请了一天假,约好明天再过去。"陆简倒也坦然,从容不迫地应对着林初阳的发问。

林初阳没好气地冷哼一声,倒是没再说话,不过明眼人都能看出来,林初阳好像不喜欢陆简。

易点点从厨房探出头看了一眼外面的情况,继而逼问陈束:"这两人怎么回事?"

陈束无奈地撇了撇嘴,切菜的力度都重了几分:"我怎么知道,就有次林初阳发现我瞒着他出去和陆简看电影,也不知道他是哪根筋抽了,之后就处处看不惯我和陆简在一块。"

"他喜欢你?"易点点疑惑道。

陈束手上的动作一顿,快速否决:"怎么可能,他脑子里除了催稿,就只剩下电视剧和动漫了。"

"那没有道理啊。"易点点思考着,最后想到,"莫非,他喜欢陆简?"

说起这个，陈束歪着头想了想，不由得表示赞同："也不是没有可能。"

林初阳不知道什么时候出现在厨房门口，陈束一转头吓了一跳，刀一偏差点切到自己。

对方用满是探究的眼神看着她，问道："你在说我坏话？"

"没有。"陈束否认极快，顺便反咬一口，"你突然站在这儿干什么，吓谁呢？"

"我渴了，拿瓶水。"说着，他越过陈束径直走向冰箱，拿了瓶牛奶，走之前不忘叮嘱，"注意点，你要是切断手，可不能算工伤。"

陈束不情不愿地应道："知道了。"

等他一走，陈束就转头对易点点说："你看吧，我说他就是没有感情的催稿机器。"

易点点提醒陈束："他本身也确实是。"

4.

林初阳本来话就多，加上这一群人又都是散漫自由、活跃跳脱的性格，没一会儿，他就和大家打成了一片。

陈束从厨房出来，看见这幅场景，只觉得太阳穴突突作痛，她就知道最后会变成这样。

晚上，大家一人做了一个拿手菜，满满当当地摆了一大桌子。

林初阳当真非要跟陆简较劲，先不说从不给陆简开口的机会，偶尔陆简应和两句，他还非要驳回去，好在陆简并不在乎。

每每这时，陈束都会瞅准时机，将话题偷偷转走。

来的人个顶个的都是人精，又是看热闹不嫌人多的，没看几眼就瞧出其中奥妙。

饭桌上,陈束作为今天的主角,自然是要许愿吹蜡烛的。

在林初阳的眼神示意下,陈束的第一个愿望,留给了不能拖稿,其他保密。

一切结束之后,陈束火速地将蛋糕分给了大家,轮到林初阳的时候,蛋糕上只剩最后一颗草莓,林初阳眼巴巴地盯着它。

他一把抢过陈束的刀,还不忘解释:"知道你累了,我来帮你吧。"

陈束眼见着最后一颗草莓就要被林初阳切走了,说时迟那时快,她伸手捏起那颗草莓就塞进了自己嘴里。

林初阳眼睁睁地看着到嘴的草莓被人半路截留,重点是对方还故意在他面前吃得吧唧有声。

他不情不愿地扯了个笑容:"行,你厉害。"

陈束嘴里嚼着草莓,含含糊糊地表示:"谢谢夸奖。"

蛋糕分完,大家其实没吃几口,就开始准备吃晚餐。

陈束家的餐桌不大,这会儿满满当当坐了一圈人,显得热闹得不行。陈束特意给陆简安排座位的行为,又叫林初阳暗暗不爽。

不过,好在陈束下一秒也给林初阳指了个位置,离陆简十分远。

一顿晚餐,吃得十分和谐。

大家闲聊了一会儿,看着时间差不多,就纷纷准备回去,陈束将大家一一送走,回来已经是晚上九点。

和陆简道别时,陈束感激道:"今天谢谢你。"

"生日快乐。"陆简变戏法似的不知道从哪儿拿出一个礼物,一个小边夹,不算贵重,却十分好看。

说不感动那是骗人的,陈束接过礼物,又说了一句谢谢。

林初阳见她这样,忍不住吐槽:"这么一个小破东西,也能让你高兴成这样?"也不管陆简就在一旁。

陈束剜了他一眼,愤愤道:"小破东西也不见你送我一个。"

"我又不像别人,居心不良。"林初阳扯了扯嘴角,露出一个并不真诚的笑容,语调略带嘲讽地反问陆简,"是不是啊,陆先生?"

陆简淡淡地笑了笑,看上去并没有生气,他说:"你好像对我有很大成见。"

"知道就好,识趣点,自己滚远点。"林初阳拉下脸,冷冷地说。

一旁的陈束看不下去,将林初阳拉到身后,对陆简说:"陆简,不好意思,他脑子不好,你回去早点休息吧。礼物我很喜欢,再见。"说完,拉着林初阳就往家里躲去。

回到家,也不知道是因为刚才的事情,还是今天的事,林初阳整个人往沙发上一坐,脸上就写满了不高兴。

陈束检查了一圈,发现东西都收拾好了,稍微整理了下,路过林初阳的时候,本来打算不理他,却不想对方主动开口了。

"陈束,我好难过。"

陈束被这没头没脑的一句话弄得一蒙,再看他脸上的表情当真分不出是难过,还是生气。

"我……那个……你……"陈束欲言又止了大半天,也不知道该说什么好,最后干脆放弃,"那你先难过吧,我要洗澡睡了。"

"陈束！"

陈束不得不停下脚步，不耐烦地转过头，迎上林初阳那张一皱眉看上去就可怜兮兮的脸。

"对不起，我……"她想了半天也不知道要从哪件事说起，只好先认错，"我知道错了。"

"你知道错了也没用。"林初阳的话语缓慢低沉，微微敛下眼眸，明明平和的情绪，却叫陈束莫名心疼。

他指了指胸口的位置，说："反正，我现在这里很难受。"

换成旁人，陈束肯定转头就走，但那是林初阳啊，顶着那么好看的脸，委屈却又故作坚强地在你面前说他难受，她就只能……

"好嘛，我知道自己不该瞒着你生日的事，不该觉得你是个麻烦，不该这么久了，却总是想着要甩掉你。"

陈束越说越觉得自己过分，干脆心一横，道："你现在想怎么样对我，就怎么样对我吧。"

林初阳抬眸盯着她，目光直直的，半晌，终于开口。

"那码字去吧。"

陈束整个人瘫软下去，凑到林初阳边上求道："换一个？"

"不行。"

"林初阳……"

"是你说的，我想怎么样就怎么样。"林初阳提醒她。

陈束委婉地劝说："今天是我生日，我都忙了一天了，你就让我早点休息吧。明天一定早起，好不好？"

"没得商量。"

陈束气急，起身似要去掐林初阳，结果脚上一滑，摔在沙发上，顺带扯倒了林初阳。

这近在咫尺的距离，连空气都像凝住，陈束听见自己慌乱的心跳，脸不自觉地红了起来。

她一直知道林初阳的脸很好看，这会儿近距离看，更甚，眉眼清明，鼻梁高挺，薄唇微扬……

好在林初阳率先反应过来，兀自起身，尴尬地轻咳了一声，强装镇定地说："写稿去。"

陈束从鼻腔里发了个"嗯"字，慌张地朝电脑桌走去，走之前还扫掉了桌上的一根发带。

第六章 一定不会让你消失

1.

津州已经进入盛夏，气温一度偏高，小区的香樟树上蝉声悠扬，好不热闹。

生日之后，陈束和陆简基本也没怎么联系，主要是陈束迫于林初阳的压力，每天都在马不停蹄地赶稿子。

林初阳最近也不知道怎么了，对待稿子，比以往要严格得多，根本没给陈束喘气的机会。

陈束不止一次地抱怨："林初阳，这样强赶出来的稿子是没有灵魂的。"

"女娲造人还要先做个泥坯呢，灵魂后面注入就好。"林初阳翻看着陈束之前的稿子，那些多年前她引以为傲的作品，他回答的时候，嘴角微扬，看上去漫不经心。

陈束的情绪没法发泄，只能端起桌上那杯咖啡，一饮而尽。

陆简突然打电话找她，还让陈束略微惊讶，她看着手机的来电，轻咳了一声，才接通。

"喂。"较平时，陈束说话的声音软了两个度。

陆简打了声招呼，开门见山道："周末有时间吗？"

陈束一时间没反应过来陆简为什么这么问，只能老实地回答："截稿日快到了，最近基本上都是在赶稿子。"

"那真是遗憾，我这正好有几张宋予息的见面会门票，还想问你要不要去的。"

"宋予息吗？"陈束差点从椅子上站起来，她惊讶地问，"你怎么会有宋予息见面会的门票？"

"一个朋友正好在那儿工作，送了我几张。"

"这么好。"陈束无比羡慕，随即表示，"放心，我没时间也能挤出时间来的。"

陆简被她激动的模样给逗笑，周到地问："需要给你表弟留一张吗？"

"不用。"陈束下意识地回绝，大概觉得这样不太好，赶紧又补充道，"他不喜欢这些，何况他挺忙的，没空搞这些。"

如此，陆简也就不再多问，简单交代了几句，就把事情定了下来。

鉴于之前的多次经验，陈束这回决定要好好安排一下，既不能让林初阳怀疑，还不能让他有所阻拦。

为了能够顺利外出，她连着几天都十分认真地码字。

林初阳看她的表现，不免诧异："你这是怎么了，良心发现？"

陈束得意地扬起下巴："我一直都很优秀，只是你没发现。"

林初阳嫌弃地摇了摇头，如实回答："还真没发现。"

"喊。"

陈束也不跟他计较,继续赶手头上的稿子。她这几天可得好好写,到时候说要外出时,让林初阳毫无理由阻拦。

林初阳听陈束说有事要离开一天,想到她这几天这么认真地写稿,倒也没太抵触。

他无奈地轻笑一声,感叹道:"原来是在这里等着我呢?"

陈束摇头,脸上的表情十分真诚:"没有,是易点点妈妈给她安排了一场相亲,她一个人不想去,非要带上我。"

"易点点相亲关你什么事?"

陈束无奈地耸了耸肩:"是和我没关系,但易点点特意打电话来说了,我总不能拒绝吧?你也知道,我就这么几个朋友。"

林初阳想起那天来家里的那一大群人,还有跟陈束打游戏的那一群,反驳道:"我看挺多的。"

"那易点点也是最重要的一个。"

陈束的表情坚定又真诚,极力想给林初阳证明,易点点对她来说,究竟有何不同。

"去多久?"林初阳问道。

陈束想了想,含糊地回答:"这相亲谁能算到啊,不喜欢的话,一顿饭的时间;喜欢的话,就不知道了。"

"哦,那你去吧。"林初阳没再多问,直接答应了下来。

陈束暗自狂喜,脸上的表情却依旧平静,淡淡地笑着,冲林初阳郑重地鞠了一躬:"多谢了。"

待转身,她才略微激动了一下。

林初阳在后头看着,敏感地问道:"我怎么觉得你有事瞒着我?"

陈束霎时收起脸上的笑容,转过头,绷着脸一本正经地否认:"没有,我这个人心思最单纯,从来瞒不住事情。"

林初阳轻哼一声,虽不相信她说的这些,却也不准备拆穿。

为了让事情顺利进行,陈束一路隐忍,用她的话说,她现在宛如一个地下工作者,易点点不留情面地拆穿她:"你充其量算是出轨。"

这话听着,怎么都不像好话,可陈束细思一下,竟也没法反驳。

瞒着林初阳,跟陆简去见宋予息,好像是这么回事。

"点点,你这么一说,我这何止出轨啊,简直就是私生活混乱。"

易点点躺在家里的懒人沙发上,耐心地涂着指甲油,心不在焉地说:"知道就好。"

陈束离开前,林初阳觉得她好像有什么事情瞒着他,在她出门前,还略带怀疑地又问了一遍:"你真没事情瞒着我?"

陈束着急出门,在换鞋的空当回头看了眼他,极其敷衍地回答:"我瞒着你有什么好处啊。"

林初阳一想,好像还真没有,意外地多交代了一句:"注意安全。"

"谢谢,再见!"陈束回头冲他摆了摆手,火速离开。

林初阳盯着那扇关了的门,点开前不久追的动漫,心里还在纠结着那个事:"总觉得她有事在瞒着我。"

陆简已经在楼下等陈束,见她过来,立马替她打开车门。这方面,陆简向来体贴。

陈束道了句谢,坐进车内之后,立即兴奋地聊起来:"想不到,你竟然也喜欢宋予息。"

"他的《奢侈》很好听。"

"这都是很后面的歌,我还是他唱《温酒》时入的坑,当年宋予息宣布退出音乐界的时候,我还难过了好久呢,幸好后来他又回来了。"

一聊起这个,陈束像是打开了话匣子。陆简一边开车,一边耐心听着,偶尔应和两句,不会显得浮躁,却也不会失礼。

关于礼节,陆简向来做得很好。

最后,陈束忽然记起什么,疑惑地问道:"你怎么知道我喜欢宋予息啊?"

陆简浅浅笑着,提醒她:"你朋友圈有说。"

陈束这才记起来,她前段时间,因为得知宋予息要来津州,在朋友圈里闹腾了好一阵。

她羞愧地扶着额头,将脸别到一边,有些不好意思地解释:"那个啊,我当时就……"

"我知道。"陆简转头看了陈束一眼,没让她继续说下去,看了一眼时间,贴心地告诉她,"还有一段路程,你可以先休息会儿。"

陈束确实有些犯困,也就没有推辞。

一个人的房间,以前他也不是没有待过,但今天林初阳莫名地觉得空荡,于是他打开了许久没看的电视。

刚来那会儿,陈束在房间写稿,他还时常看看;后来陈束来客厅写稿,他就换成玩平板电脑了。

电视里面,主持人正在大力地吹捧某件产品,林初阳泡了一碗泡面,看得津津有味。

陈束走之前说过,她今天可能会去易点点家睡,让他不用等她。他看了一眼门口,干脆将门直接反锁。

睡之前,他看了一眼时间,才不过八点,本来想说要不要打个电话给陈束,最终什么都没做。

林初阳第二天很早就醒了,他躺在床上,竖着耳朵听外面是否有人,却始终没有听见任何动静。

明明陈束早就说过,如果玩得晚,就直接去易点点那儿睡,可他还是希望她能够早点回来。

这种情绪很奇怪,隐隐期盼,胸口某一处好像酿了一坛杨梅酒,酸涩却又清甜。

林初阳不懂这到底是怎么一回事,这是他之前从来没有过的,完全陌生的情感。

他叹了口气,去厨房给自己倒了杯牛奶,一边喝着,一边注意到窗外居然下起了雨。

直到中午,陈束还没有回来。

林初阳在看到挂钟上的时针指到十二点时,终于忍不住了。

他给陈束打了个电话,没想到,陈束的手机竟然关机了。他生气地将手机往沙发一丢,顿了一刻,心里忽然泛起一丝不好的预感。

陈束的手机从来不会关机,就算是在晚上,她嫌消息吵,也只会静音。她说,手机就是她的灵魂,灵魂是不能够休息的,事实上,她只是嫌开关机太麻烦。

他猛地从沙发坐起来,决定去问易点点,才发现自己根本没有易点点的联系方式。

没办法,如今看来,只能用陈束的电脑了,站在电脑前,他想起陈束的话。

"林初阳,这个家里,你不准随便动我的东西,尤其是电脑。"自上次被他弄得文档乱码之后,陈束更是将电脑设成了禁区。

林初阳挠了挠头发,最终还是打开电脑,他知道,除了不能试图帮陈束写稿,别的软件还是可以用的。

虽然觉得这样很没礼貌,他还是点开了陈束的QQ,找到易点点。

易点点对接到陈束QQ消息的事情,十分惊讶。

为了躲避粟衿,两人已经很久没出现在这上面了。当然,为了躲粟衿,别的社交软件他们也很少会用。

相较于催稿消息,她们宁愿与世隔绝。

易点点点开消息,没想到对方竟然是林初阳。

"你好,陈束在你那儿吗?她电话关机了,麻烦你转告她,该回来写稿了。"

易点点看着这条消息,率先感叹了一句:"还真是个催稿机器。"但马上,她就意识到了事情的不对劲。

"陈束昨天没回去?"她问。

"没有。"林初阳迅速敲了一行字过去,方才那种不安此刻更甚,"她说时间晚了,就直接去你那儿住。"

这个……

易点点一拍脑袋，瞬间想起陈束交代的事，仔细一想，不放心地又问了一遍："陈束真的没有回去？"

"没有，她自昨天中午出去之后，就一直没有回来。"

林初阳很快意识到问题："陈束是不是有事瞒着我？"

易点点暗叫不好，好在隔着屏幕，不至于让她露馅，她终于知道那些出轨当事人的朋友，明明知道朋友做得不对，却还是得帮着隐瞒的为难了。

当然，她更关心的是，陈束去哪儿了？

斟酌一番之后，易点点小心翼翼地发了一条消息："昨天陪我相完亲，陈束说时间还早，就直接回去了。"说完，她又追问了一遍，"她真的还没有回去吗？"

这次那边没有及时回消息，沉寂了好一会儿，弄得易点点连发了好几个表情，这才终于有点动静。

"她是不是和陆简一块出去的？"

界面忽然弹出这行字，易点点顿时刷新了陈束之前在她这里树立的林初阳天真单纯很好骗的形象。

明明就很聪明啊。

这个……

她还没想好下一句话该怎么说，那边又发了一句话过来。

"我知道了。"

紧接着，就显示陈束的 QQ 已经下线。

易点点一脸茫然，她盯着聊天界面，半晌没反应过来，还有件事，陈束去哪儿了？

2.

陈束只觉得自己脑袋里充斥着好多声音，像是要炸开一样，她拼命刷着微博、浏览各大网站论坛。

她面无表情，木讷得像个提线木偶，一条又一条地看着那些关于她的评论。

"酒酿丸子这是要断了自己的写作路吗？看她现在写出来的都是什么东西。"

"天天拖稿还能忍，原以为所有的等待都是值得的，结果就给我这种垃圾？"

"我三十块买的书，现在想花四十块钱寄回去让她自己看看。"

"唉，失望啊，以前多努力'安利'她，现在就多追悔莫及。"

她的新书出来了，前期宣传做了很多，销量一开始也还不错，但是没多久，网上的评价就开始变得尖锐利，说她水平退步，说她写的东西远比不上当年。

这两年，不知道是怎么回事，改稿和拖稿好像成了一个恶性循环，一拖稿再提笔就想改稿，一改稿就变成拖稿。

她也意识到自己这样是不对的，林初阳有句话说得没错，就算女娲造人，也得先有个泥坯。她连泥坯都做不好，又谈何能写出有灵魂的东西呢。

粟衿曾经在陈束签约公司的时候就说过，不要害怕改稿，但也不要过分在意别人的评价，主要是你要清楚，你的作品到底能不能让自己满意。

以前她能够很自信地说，她的书虽然没有写得特别好，但绝对是她呕心沥血一丝不苟写的。

而现在,她不敢这么说了。

她的书,连她自己这一关都过不去,又怎么能够赢得读者的喜欢呢?

难道她真的已经不适合写书了吗?

陈束看着那些网络上的评论以及一条条私信消息,她连一句,不用在乎外界的声音,只要做自己就好的自我安慰都说不出。

好像早就有人劝过,她应该尝试着去做些别的事情,再来认清自己到底喜欢什么。

别的事情?可是她已经很久没有做过别的事情了,从大学开始创作,到毕业恰好小有名气,签了公司,挣了点钱,买了套小房子。

一路来,她好像过得太顺风顺水了,以至于现在眼前骤然昏暗,宛如绝境。

要不就放弃吧。

当初写书,是因为有太多的想法想要表达,有太多人物想要塑造,有太多感情想要诉说。可如今,写书好像已经变成了一个日常,和吃饭、睡觉差不多,可到底为什么要写书,就变得难以回答了。

这个想法出现的时候,陈束没由来地感到轻松,好像卸掉了很久没卸掉的担子。

只是……

"陈束,你不能放弃啊!你真的不喜欢创作了吗?你不是说要成为很厉害的作家吗?你现在这是怎么回事……"

哪里来的声音,好吵,气得陈束真想怒吼一句:"我已经失败了,我做不到啊。"

"可你说过,能够成为作家是你这辈子最幸运的事。你这么喜欢的东西,真的要放弃了吗?而且你还欠我好几万字没写呢。"

"林初阳,你好烦——"

陈束猛地睁开眼睛,坐起来的动作太急,以至于头撞到了车顶。

她疲惫地扶着额头,转头对上陆简阴郁的目光。

这是怎么回事?

陈束还没有从刚刚那个太过真实的梦里反应过来,又发现陆简好像变得她完全不认识了一样。

她疑惑地开口:"陆、陆简,我……"

"你睡过头了。"陆简回答,语气冷漠得好像两人并不认识,"演唱会已经结束了。"

原来,车还停在演唱会场的门口。

"抱歉,你应该喊醒我的。"

对于让对方也看不成演唱会的事情,陈束觉得十分内疚。

"没事,你似乎有些太累了,创作让你很疲惫吗?"

陈束本能地摇头:"没事,我可能只是太久没有这么放松了。"只是陆简那看似关怀的语气,听上去怎么这么疏远。

她问陆简:"你是不是生气了?"

陆简像是没听见她的问题,继续先前的对话:"既然创作将你折腾得这么疲惫,干吗还要和自己过不去呢?"

"什么?"

"我觉得你,根本就不配叫作者。"

陈束如何也想不到,原来在陆简心里,自己竟是如此不堪。她一时找不到话来反驳，然而对方却并不打算终止自己的数落。

"打着创作的幌子，在这里圈钱，发现钱不好圈了，才想潜心写出好作品来，可是你写得出来吗？就你那微乎其微的天赋，玩闹一般地在这圈子里占用资源，你觉得你真的配叫作者吗？"

"不是，我——"

"你其实有努力过？"陆简冷哼一声，大手突然一滑，面前的车窗变成了一块显示屏，里面是那些曾经买过陈束小说的读者。

陆简指给她看："你看，买你的书都是些什么样的人，你真觉得你的作品能够带给他们什么启迪吗？还是给他们指出什么人生方向？你的书，就连让他们累积词赋，增强文笔都做不到。"

"陈束，你那些不用心的作品，完全就是垃圾。"

"不！"陈束下意识地反驳，"我有在认真地写稿子了，我也有在反思自己的不足，我没有视创作为玩闹，我没有。"

"呵。"陆简冷笑一声，突然说道，"你说，我现在要是踩下油门，让车直接撞到墙上，你会怎么样？"

不等陈束反应过来，陆简猛踩油门，车子以极快的速度撞向前面的那堵墙。

"啊！不要！"

就在这时，陈束突然醒了过来。

原来，还是在梦里啊。

真的只是梦吗？

她不是和陆简去看演唱会了吗，现在这是在哪里？

她去开门，发现车被锁着，她试了几次，根本打不开。

这时，她突然想起什么，然后变得更加急切起来。

林初阳!

她到底睡了多久,陆简又去了哪里,还有林初阳,林初阳要是知道她又骗了他,会不会气得去动她的文档。

"林初阳,你应该知道和我作对的后果。她给你的那点精神力,连让你维持生命都困难,你竟然还想和我动手,是嫌自己活得不耐烦了吗?"

陈束突然隐约听到陆简在说话,是林初阳找来了吗?

她必须马上从车里出去。

她不知道林初阳和陆简之间是什么关系,但她不能看着林初阳就这么死掉,至少林初阳不能因为自己而死掉。她好不容易才在写作上有了一点点进步,虽然累了点,可她一点都不觉得辛苦。

回忆起和林初阳的点点滴滴,从他第一次出现,被她打得不敢吭声,到后来,变着法子地逼她写稿,再后来,见到陆简,整个人变得警惕小心……

原来,他是因为早就知道,陆简接近她,就是为了阻止她继续写作。

可是现在,林初阳是在找自己吗?就她赋予他的那点精神力,能做什么?

他说过,她的稿子完成的速度和质量,会直接兑现成精神力反馈到精灵身上,可她如今的状况,能让他维持生命就算不错了,如何还能让他对抗陆简。

陈束在车里找了一圈,拆着车里任何能用的东西。经过几番努力,竟真叫她将车窗砸出了一个口。

顾不得其他,陈束猛地蹬了几脚车窗,彻底将玻璃弄碎之后,就直接从车窗翻了出去,就连脚被玻璃划破,鲜血直流也顾不上。

她发誓,回去之后,一定要好好让林初阳看看,自己为了他,到底做了多么危险又勇敢的事情。

3.

从车里出来后,陈束向有亮光的地方跑去,发现车子停放的地方居然离自己住的小区并不远,她此刻顾不得脚上的伤,匆忙赶回家。

她知道回去免不了要被林初阳狠狠骂一顿,所以刚才她就反复思考过,一会儿要是林初阳骂她,她一定乖乖受着,绝不顶一句嘴。

可她打开门,家里哪里有半点林初阳的影子。

"林初阳!"她慌乱地喊着,一间房一间房地找,"你在哪儿?"

始终没得到回应,陈束想到刚刚隐约听到的那句话,他不会冲动去找陆简了吧。思及此,她立马给林初阳打了个电话,结果手机在客厅响起。

她气鼓鼓地将手机往沙发一丢,骂道:"浑蛋,怎么手机也不带上?"

说完,她眼泪唰地就流了出来,绝望地坐到客厅的地毯上。

林初阳,不见了。

这个念头从脑海里冒出来,陈束只觉得胸口疼得快要窒息,明明前段时间,还说气话让他消失就好,可他现在真的不见了,还是因为她,想到这里,陈束更难受了。

整个房间好像哪儿都有林初阳的影子,陈束哭着哭着,猛地从地上坐起来,打开电脑。

点开文档的时候,她顿了一下,最终重新打开了一个文档。

林初阳不是一直都希望她能够自觉点,好好写稿吗?那她现在就好好写稿,写个好故事来,让他看看。

然而越是这样想,脑子反而越乱,她写了又改,改了又写,急得眼泪直流,陆简说得还真没错,林初阳就是个傻子,明明知道她的实力,明知道她可能不适合写稿,怎么还要这样帮她呢?

难得她没有因为一次次的修改而变得心绪烦乱,反而渐渐地好像找到了写稿的感觉,手上的动作竟快了几分。

屏幕上的字越堆越多,修改的次数也在渐渐变少,当她敲下最后一个字时,陈束看了一眼电脑右下角的时间。

四个小时。

她居然在四个小时里完成了一个短篇。

可她稿子都写完了,林初阳怎么还不回来?不是说她写什么,他第一时间就能感受到吗?

"浑蛋!"

陈束对着空荡的屋子,又骂了一句。

就在这时,门口响起钥匙转动的声音,陈束激动地跑过去。

当门一打开,她对上那张无比熟悉的脸时,长舒了一口气,下一秒,直接扑进林初阳怀里。

"林初阳,太好了,你还在,真的太好了。"她边哭边说道,紧接着,又开始道歉,"林初阳,对不起,我错了,我再也不瞒着你到处跑,再也不骗你了。我以后一定什么都听你……"

林初阳本来憋了一肚子的气，这会儿却一句话都骂不出来，最终叹了口气，拍着她的后背安慰道："好了好了，我知道了，陆简没对你怎么样吧？"

　　"没有。"陈束一抽一抽地耸着肩膀，带着哭腔的声音听上去是那么委屈。

　　林初阳摸了摸她的头发，像安慰楼下的大黄一样："那我们先进去好不好？"

　　陈束这才意识到两人是在门口，赶忙松开林初阳，站开了些，好让他进来。

　　林初阳坐在沙发上，打量着陈束。

　　她的衣服凌乱不堪，头发也乱糟糟的，脸上泪痕斑斑，身上大大小小的伤口无数，虽然已经止住血了，可她的脸色看上去还是糟透了。

　　"这回知道错了吧？"

　　明知道陈束肯定很痛，林初阳还是板着脸，想要教训陈束一番。

　　"嗯。"陈束点头，轻咬着嘴唇，眼睛眨了又眨，可怜又可爱。

　　林初阳深吸了口气，板着脸数落她："陈束，你知道我有多担心你吗？我四处找你，就差没去报警了。早就跟你说过，不要和陆简接触，你非不听……"

　　"对不起。"陈束委屈巴巴地道歉，看着林初阳，"你的脸怎么了？"

　　"你先听我说完。"林初阳被她打断很不耐烦。

　　陈束不管，继续问："你的脸到底怎么了？"

林初阳伸手摸了一下青紫的脸颊，嘴角疼得轻抽了一下，到底是回答了："不小心弄的。"

"你打架了？"

"没有。"林初阳意识到话题快被陈束带走了，忙拉回来，"陈束，现在是在说你的事情，你到底知不知道自己错在哪儿？"

陈束忙点着头："我知道，我不应该和陆简出去，还瞒着你，让你担心，我保证以后不会这样了。"

"你知道陆简想对你做什么吗？"

"对不起。"

"换个词，别以为一直道歉我就会心软。"

"那……"陈束想了想，坚定地表示，"林初阳，我保证，一定不会让你消失的。"

林初阳脸上的表情有些诧异，料到一定是陆简和她说了什么，倒也不准备再做解释，顺着陈束的话往下说："那你答应我以后好好写稿，认真写稿。"

"嗯！"陈束点头，毫不犹豫。

林初阳觉得差不多了，才终于起身，径直走向陈束，突然将她打横抱起，准备出门。

陈束吓了一跳，忙伸手圈住林初阳的脖子，惊呼："林初阳，你干什么！"

"能干什么，当然是送你去医院。"

他的表情看上去烦躁极了："该死的，陆简到底对你做了什么？"

陈束突然眼眶一红，整张脸埋进林初阳的胸膛："林初阳，为了救你,我现在浑身都好疼,你可千万不要逼我写稿子。"

"你真是……"

"真的好疼。"

林初阳又气又担心,最后什么也没说,手上的动作却是温柔了几分。

去医院的路上,陈束一直小心翼翼的,她看得出来,林初阳现在心情很糟糕,而这一切似乎都是因为她。

到医院后,林初阳一言不发地带着她去挂了号,听着医生说完情况,最后拿着药单去药房取药。

"你的脸不需要处理一下吗?"陈束问他。

林初阳冷着脸看了陈束一眼,陈束只好放软语气劝道:"处理一下吧,留疤的话,会很难看的。"

"留疤了更好,让你记住我为你付出了多少。"

最后,林初阳还是简单地处理了一下,倒不是担心留疤,只是陈束那可怜兮兮的语气,他没有办法拒绝。

陈束身上要包扎的地方实在太多,包扎之前,还得一点点用酒精清洗。先前她一心只想着救林初阳,倒也没觉得有多疼,这会儿整个人放松下来,又被酒精一泡,嘴里开始叫唤个不停。

"医生,你轻点,疼疼疼……"

陈束紧绷着脸,医生动一下,她就喊一下,看得一旁的林初阳忍不住心软。

只是等包扎完,林初阳还是忍不住骂道:"活该。"

陈束委屈地辩解:"我也不想的。"

"明明受了伤,为什么不先来医院?"

其实,除了划伤的时候有些疼痛感,之后她先是着急回家,然后又一门心思在想着稿子的事,倒还真没再注意身上的伤。

"我忘了。"陈束照实回答。

她的头被林初阳使劲拍了一下:"你是傻子吗?不会想办法让别人来救你,非要自己从车里逃出来,看你把自己弄成什么样了?"

陈束被他教训得抬不起头,只能弱弱地说:"我这不好好的嘛。"

林初阳看了一眼她,反问:"你这样叫好好的?"

陈束忍着痛,讨好地笑了笑:"这些都是必要程序,你见过哪个英雄身上不带点伤的?"

林初阳伸手弹了一下她的额头,倒是没有再继续说什么。他也能猜到,陈束是担心自己可能会消失,才会顾不上那些的。

想到这里,林初阳内心仅剩的那一点怒气也没了。

他去找了陆简,脸上的伤也是因为陆简。

自从知道陈束是被陆简带走,林初阳就一直动用大量的精神力来寻找他们的踪迹。但是他忘记了,一直以来,他就比不过陆简,陆简有意隐瞒,他又怎么可能轻易知道呢?

就算是这样,他还是不愿就此放弃。

他经过几番努力,终于通过精神力找到了陆简的踪迹,马不停蹄地赶过去。

陆简似乎也猜到林初阳会找过来,所以干脆在家等他。

"竟然找到这来了。"

陆简站在楼下，秋天的凉风吹乱了他平时打理得一丝不苟的头发。

林初阳得意地挑了挑眉毛："本来也不是什么难事。"

陆简不着痕迹地提醒他们之间的差距："那又怎么样，你不还是没有找到陈束在哪儿。"

"我早晚会找到的。"

"就是不知道你有没有这个机会了。"陆简一眼就看出林初阳已经消耗了不少精神力，现在这个状态不过是在强撑，"以你现在的情况，你觉得可能赢过我？等你找到陈束，她都不知道变成什么样了。"

"你敢动陈束一下试试。"

"没什么好试的，我早就告诉过你，我要做什么，向来志在必得。"

因为愤怒，林初阳的手不由自主地握成拳头，下一秒，便朝陆简脸上挥去。

陆简显然没想到林初阳会突然出手，被他打了个正着，不等他有所反应，林初阳的第二拳已经朝他挥来。

"陆简，你现在就是个疯子。"林初阳挥着拳头，怒吼道，现在的陆简让他感到陌生，陌生得让他愤怒。

"我早就疯了，在她走了的时候。"陆简不甘示弱地回了一拳。

"她的事情本来就不是你的问题，你现在做这么多，伤害这么多人，她也不可能回来了。"

"你懂什么！"

"我是不懂,我不知道当初那个善良的陆大哥去哪儿了。"

"他们自己不珍惜,就让我来替他们做选择,有什么错?"

"精灵不能干预人类的选择,这是你在出生的那一刻,就应该刻在脑子里的规矩。"

"规矩早就该改了。"说着陆简又是一记重拳打在林初阳身上。

以前,林初阳就打不过陆简,如今依然是这样。

大量精神力的消耗,加上没有充足的补给,精疲力竭之后,林初阳倒在地上,连抬下手指头都难,只能眼睁睁地看着陆简离开。

但幸好,他找到了陆简,打断了陆简在精神上对陈束的控制,否则,也不会给陈束逃出车里的机会。

第七章 稿子遇上新瓶颈

1.

陈束将短篇稍微修改过后,主动交给了粟衿。

粟衿已经很久没有收到陈束主动交上来的稿子,这会儿,别提有多激动。陈束如果在她面前,她估计能扑过去抱住陈束,感动得落泪。

"丸子,你终于回来了。"

陈束看着对话框,真不好意思打击粟衿,只能尴尬地回复:"也就是写的时候稍微顺了那么一点点。"

"这是好现象,继续保持。"

陈束赶紧点头,别提多听话,很快她意识到粟衿根本看不见,于是忙回了个表情:"报告粟老师,我会继续努力的!"

"那长篇什么时候可以交?"

陈束本来还准备输入消息的手瞬间僵住,看着那一行字,最后含含糊糊地回道:"我努力,已经写了不少了。"

粟衿早就已经不吃这一套了,冷冰冰地表示:"抽空把写好的发一下。"

"剧情有点乱啊。"

"没事,我就大概看看。"

如此一来,陈束就没了任何推托的理由,只好硬着头皮将已经写了不少的长篇先发过去。

紧接着,她又补充了一句:"粟老师,我现在有个新想法,可以的话,我写了发你一下。"

"那手上的呢?"

陈束不是没有主动废过稿,每次都是说有个新想法,然后之前写了的稿子,就说不如意,直接作废。

"手上的我也会努力写的!"陈束坚决表示。

粟衿这才答应下来:"那有空先写个大纲给我看看。"

"好的!"不等那边回复,陈束率先发了个再见的表情包,然后迅速下线。

后来粟衿又找了一次陈束,告诉她这次交的短篇不错,编辑部准备放在最新一期杂志的首推上。

"真的吗?"陈束内心小小激动了一下。

粟衿毫不吝啬地赞扬道:"看来你找回了写稿的感觉。"

陈束只能谦虚地说:"回来了一点点。"

"这样的话,那就再努力努力,看看能不能把以前欠我的那些稿子一并补上来。"

"粟老师,你开玩笑呢?"

粟衿回了个严肃的表情:"你觉得我像是在开玩笑吗?"

陈束尴尬地笑了两声，硬着头皮表示："那我尽力。"毕竟欠的稿子太多了，加上有些已经荒废了很久，她这会儿就算是拿出来，恐怕也得重新写了。

林初阳平时在家基本上都躺在沙发上，拿着平板电脑看电视剧，偶尔会被陈束使唤一下。

没办法，谁叫陈束是伤员呢，这种代跑腿的事情，只能由他来。

陈束的伤已经好了不少，虽然行动起来还是会有些不便，但看上去不像之前那么惨了。

易点点过来看过陈束一次，一来就劈头盖脸先将她骂了一顿。

"陈束，你没脑子吗？随便被人骗了去不说，居然还搞什么生死时速，死亡逃生，怎么，没挂多点彩，是不是还有些遗憾啊？"

陈束紧抿着唇，任由易点点骂个够，林初阳那边她还能扮个可怜，求个饶；易点点这边，说什么都没有用，除非等她发泄完。

"你看看你这一身，都快成木乃伊了。"易点点碰了碰她身上的伤，动作很轻，却还是叫陈束疼了一下，"你是不知道林初阳告诉我你一天没回去的时候，我有多担心，我恨不得直接就去报警了。"

说完，她又指着林初阳："你看看林初阳那张脸，那么完美无瑕的脸，现在变成这样，你不心痛吗？我告诉你，他的脸要是破相了，我唯你是问。"

陈束看易点点骂累了，赶紧递了一杯水上去，讨好道："我这不是没什么事吗？我承认是我识人不清，可当时的情况紧急，我哪能够顾得上那么多，是吧？"

"你倒是觉得受伤挺光荣哈？"

"没有，没有。"陈束赶紧否认，"我可是好学生，怎么会那么想呢？"

"教导主任最烦的就是你们这种学生，唉，头发不知道又掉了多少根。"易点点迅速配合陈束的表演。

"对不起，让老师费心了。"

"回去好好写检讨。"

如此，这件事情才算圆满结束。

晚上，鉴于他们家伤患太多，易点点决定留下来大展厨艺，陈束当然乐得如此。

陆简为什么会这样对她，陈束想林初阳或许知道。

"林初阳，现在可以说了吧，你是不是一早就知道陆简要对我做什么？"

难怪林初阳见到陆简的第一眼会那么紧张，难怪他一再跟她强调不准和陆简接触，甚至多次阻拦。

发生这种事情，林初阳也清楚不能让陈束蒙在鼓里，犹豫过后，还是将事情的前因后果说了一遍。

原来，陆简和林初阳一样曾经也是软件精灵，还是系统里最优秀的一个，从一开始，他就是所有软件精灵学习的榜样。

陆简通过了各种测试之后，遇到了他的第一个用户，是个很厉害的作者，作品的完成度和成就都很高。但在陆简跟她共事了好几年之后，意外发生了，有人在网上诽谤她，不明真相的网友一窝蜂群起攻之，最终，女孩放弃写作。

而这些，作为软件精灵的陆简全看在了眼里，可他却没能帮上她半点，这也成了陆简的心结。

之后，陆简成为唯一一个被系统召回，重新安排新用户的精灵。不久，陆简就发现新用户就是诽谤那个女孩的元凶。

想到那个女孩遭遇的事情，陆简内心愤懑不平，最终利用自身的能力，在精神世界里对其各种恶作剧。

系统知道后，立即对陆简下了追捕令，但陆简提前逃走了。这么多年，系统一直查不到陆简的行踪，直到前不久，林初阳意外发现，他居然来到了人类世界。

"这么说起来，陆简也没有那么坏。"陈束听完之后，惆怅地感叹。

林初阳严肃地板起脸反驳："精灵不能干涉人类的事情，这是一开始就定下的规矩，擅自利用自己的能力来惩罚别人，等同于作恶。何况，他还试图催眠你。"

陈束本来还想说两句，结果被林初阳瞪了一眼，只能闭嘴，却始终认为，陆简的行为也不是不能理解。

林初阳大概是觉得陈束的立场不够坚定，末了还提醒她："陆简的心理已经发生了扭曲，你再见到他，最好躲得远远的，听到没有。"

陈束连连点头，目光坚定，表明立场："我以后一定好好听你的。"

林初阳每天坐在沙发上，看着陈束来回在自己面前走动，偶尔兴起了，还会故意使唤她。

"陈束，顺便帮我去冰箱拿个苹果吧。"

"陈束，帮我也倒杯水呗。"

他每次都挑在陈束刚刚去完某个地方回来的时候，可他脸上的伤，配上那副虚弱的样子，却又让陈束没办法拒绝。

陈束倒了杯牛奶，端到林初阳面前。

"下次自己拿。"

她将牛奶递给林初阳，不满地说道。

林初阳佯装虚弱地揉了揉额头，语气轻淡："谢谢。"

陈束扬手作势要揍林初阳，嘴里恶狠狠地应道："不客气。"

然后，她回到了电脑前，用两根手指戳着键盘，缓慢写稿。

自从那件事之后，林初阳几乎天天都在盯着陈束写稿，偶尔见陈束恍神，就会立刻拿自己脸上的伤说事。

"陈束，你看看我脸上的伤有没有好一点？"

陈束看了看那张伤痕还没全消的脸，骂了句："你那是活该。"心里却还是有几分顾虑，林初阳那张好看的脸要真留下疤，那也太可惜了。

"我为了谁？"

"我叫你去打架的啊？"陈束没好气地反驳，说完又回到电脑前继续写稿。

陈束最近在构思一个新的故事，在此之前，她将之前写的大纲都拿出来仔细看过之后，决定开新坑。

粟衿老早就和她说过，故事是具有时效性的，当你某个阶段想要写一个故事，那个故事一定掺杂了你那段时间经历的很多事情，考虑过的很多想法。可当你进入下一个阶段，上一个故事就没那么有吸引力了。

这好像是所有创作者的通病,在创作这条路上,他们像个盲目的赶路人,从不知道终点会在哪里,只知道拼命地往前赶,偶尔被眼前的美景绊住脚步,也会很快启程。因为他们坚信,前方一定还有更好的风景在等着自己。

写之前,她和粟衿沟通了一下,将大概的想法告诉了粟衿,是一个简单的故事,一个女孩子,为了追随一个人的脚步,变得更优秀,哪怕最后没有和心爱的人在一起,却仍然感恩对方的故事。

粟衿对陈束说现在的市场已经不喜欢这样的故事了,陈束意外地提出反对意见。

她说:"粟老师,我们创作,不是因为读者喜欢什么,而是我想告诉他们什么。"

"但是你要知道,我们的书多少还是要迎合读者的喜好,才会吸引更多的人,知道你了解你,观点什么的,你在微博发不就好了。"

"我想跟着自己的心走一次,如果真的不行,再谈市场也不迟。"

粟衿其实很少会去限制他们创作,她也看得出来,陈束好像写什么都有些束手束脚。

最终,她还是答应了下来。

"尽快把大纲给我。"

林初阳知道这事后,倒是没说什么,他一直都知道陈束这几年在拼命给自己套上了一个无形的枷锁。

世上的事情,总归是众口难调,有人赞同,必然有人反对。

而陈束作为一个创作者,网上的那些评论、探讨,她做不到不去理睬，她更希望能够写出大家都喜欢的故事来，最后却发现，那已经不是她了。

"陈束，你那些不用心的作品，完全就是垃圾……"

陆简的话，在陈束的脑海里徘徊，原来不知不觉间，她已经变成了这样。

"林初阳，你觉得我怎么样？"

某天，陈束突然跑到林初阳面前，一脸真诚地问道。

林初阳刚醒来，懒散地伸了个懒腰，皱着眉缓了一会儿，才意识到陈束在问他话，只是——

"你刚刚说什么？"

"你觉得我怎么样？"

林初阳的目光从上到下打量着她，随即认真地说："身材一般，长得一般，性格一般，还行，挺好的。"

陈束不可置信地看着林初阳，那前后矛盾、极为敷衍的回答，还真是随意。

"林初阳，你认真回答一下！"

林初阳被她突然加大的音量惊得打了个冷战，赶紧咧嘴笑了笑，然后拿出十二分的认真，表示："脾气好、长得好、身材好、心地善良，大方美丽，完美。"

陈束白了他一眼："没让你说这个。"

"那你要我说什么？"

"写稿方面，我怎么样？"

林初阳想了想："懒散，不讲信用，不思进取，不……"

"够了,这些我知道。"陈束觉得林初阳铁定猜测不出自己的想法,干脆开门见山道,"我是不是特别容易摇摆不定?"

"有点。"

"我是不是经常顾虑太多?"

"有点。"

"我的作品,是不是越来越差了?"

林初阳听着陈束的这些问题,脸上渐渐露出笑容,欣慰道:"陈束,你终于长大了,思想觉悟都变深刻了。"

陈束冷冷地瞪了他一眼,将怀里的抱枕朝林初阳扔过去。

"滚!"

林初阳下意识地接住抱枕,看着陈束离开的方向,委屈巴巴地控诉道:"用完就扔,陈束你过分了吧?"

"不然留着做什么?"

陈束一脸无辜地回头,看了眼林初阳,最后转身往阳台方向走去。

2.

林初阳不知怎的迷上了购物,总会时不时就在网上买一堆奇奇怪怪的衣服。

"林初阳,你怎么也染上现代都市人的恶习了?"

林初阳正在整理自己的衣服,他身上穿着一件家居服,背后趴着一只很大的熊,陈束心想,他穿这件衣服真的不觉得累吗?

他没听懂陈束在说什么:"现代都市人的恶习是?"

"网购啊。"

"好东西当然要广泛使用。"林初阳对此无比崇拜,"还是你们这边好啊,吃的多,买东西方便,而且连衣服的款式都那么合我心意,真想一直在这儿。"

陈束的脸瞬间垮下去,指着林初阳嫌弃道:"你!最好给我快点找到回去的方法,有多远滚多远。"

林初阳闻言,略微有些失落:"你怎么可以这么残忍?"

陈束好心提醒他:"我这个人向来铁石心肠,所以你最好是识相点,在我对你还有点感情的时候,麻利地收拾东西滚回去。"

"陈束,你以前不是这样说的。"

"我以前说什么了?"

林初阳一边说着,一边还不忘拆快递,随后将一件衣服丢给陈束:"给你买的。"才出言解释,"你以前从来不会赶我离开的。"

"足以可见我现在有多烦你。"陈束嫌弃地拎起那件衣服看了看,最终直接将它丢到一旁。

林初阳也不在意,他本来也就是怕陈束看着自己总是穿新衣服会感到失落,才在挑衣服的时候,顺便给她买了一件。

就算是这样,林初阳自己穿新衣服的时候,还强行叫上了陈束,林初阳的解释是:"一家人,就必须得有一家人的样子。"

虽然陈束十分嫌弃那件奇奇怪怪的衣服,好在林初阳还是考虑了一下她的喜好,至少是件恰逢时节的家居服,套在身上刚好合适。

就算如此,她嘴上还是不留情面:"我们不是一家人,你只是我买东西送的赠品。"

"陈束!"林初阳不满地板起脸,"你这么说就过分了。"

陈束得意地晃了晃脑袋,穿着她的那件小青蛙家居服,蹦蹦跳跳写稿去了。

　　林初阳在后头看着，莫名觉得可爱，暗自得意地感叹："我的眼光果然很好。"

　　自从上次生日聚会之后，陈束这个小屋好像很久没有人来造访了。

　　当然，因为赶稿子，她基本上也不会参与太多社交活动。那些曾经玩得不错的同学朋友，现在差不多都有了新的关系圈，而她现在认识的那群朋友，和她的生活状态又都相差无几。

　　陈束和林初阳最近都喜欢上了楼下的那家包子铺的包子。

　　这天，他们正在为了最后一个包子而展开厮杀时，房门被人从外面打开，然后就看见一个长相清秀的男人走进来。

　　陈束正不顾形象地跳起来艰难地伏在林初阳身上，伸手去抢最后的口粮，抬头看见站在门口的男人，整个人瞬间僵住，赶忙从林初阳身上下来。

　　林初阳正为自己的胜利暗自得意，将包子塞进嘴里，含含糊糊道："哼，居然还敢来觊觎我的东西。"

　　哪知陈束的注意力早就不在他身上，眼睛盯着门口的人，最终从地上爬起来，声音不自觉变得僵硬："你怎么来了？"

　　"阿姨托我过来看看你。"门口的人扬了扬手上的钥匙，随即看向林初阳，"他是？"

　　林初阳根本用不着陈束介绍，主动说道："你好，我叫林初阳。"

　　"一个朋友，最近有点难处，暂时住在我这边，不过会马上搬走。"陈束迅速补充道，倒是有几分着急地和林初阳划清关系的

意味。

"许恒舟,陈束的哥哥。"许恒舟看上去并不情愿,却还是礼貌地自我介绍了下。

他皱眉打量了一番林初阳,到底觉得有些不妥,于是问陈束:"他没有别的朋友?"

陈束紧张地拨了拨头发,解释:"他这个人,其实有点自闭,连我都不太怎么敢和他说话。"

许恒舟显然不太相信这个说辞,毕竟从刚刚的情况看来,林初阳怎么看都不像自闭的人。

许恒舟也没有拆穿陈束,过来摸了摸她的头,问道:"知道我来了津州,怎么也不联系我?"

陈束心想,你不也没有联系我吗?可她说出口的却是:"最近有点忙,正准备得了空就去找你的。"

许恒舟并没有在这上面纠结,只是提醒她:"阿姨说,让你有时间也多回几趟家。"

陈束不留情面地拆穿他:"我妈才不会说这种话,是你自己加的吧。"

"阿姨让我多来看看你,是真的。"

"知道,否则你恐怕也没空记起我。"陈束酸溜溜地说,像没要到糖果的小孩,控诉着对方。

许恒舟脸上的笑容一僵:"这话说得,我怎么可能不记得你?"

陈束勉强笑了笑,没有继续这个话题,反而转身朝厨房走去,问了一句:"可乐还是酸奶?"

许恒舟淡淡地回答:"可乐。"

林初阳没心没肺地笑了笑,拿起手里的平板电脑对许恒舟说了句自己有事,就直接进了房间。

　　许恒舟没说什么,大抵上,他对陈束答应一个男孩子借住自己家的事,还是十分介意的。

　　这不,林初阳刚走,许恒舟接过可乐后,便开口问道:"他准备在你这里住多久?"

　　陈束端起茶几上的水杯,手不自觉地叩着水杯,面对他的提问,紧张得不行:"不太清楚,不过他已经在找房子了。"

　　"阿姨知道吗?"

　　陈束心虚地埋下头,小心翼翼地回答:"他就来借住两天,没必要让我妈知道吧。"

　　"你真是……"许恒舟多少有些生气,到底还是没有爆发,只是柔声教育道,"多大的人了,做事怎么还是这么不稳重?你一个女孩子,随便让一个男孩子住进来,让人瞧见了对你影响多不好。"

　　陈束辩解:"我也是不忍心拒绝嘛。"

　　"你啊,什么时候能够让阿姨少操点心?"

　　陈束真不爱听许恒舟说这个,好像两人之间,永远都只有责任。

　　他像是长辈,而不是朋友。

　　她不满地反驳:"她才不会为这个操心,恨不得我早点找个男的嫁了,好了却她一桩心事。"

　　"阿姨也是为你好。"

　　陈束不予苟同:"婚姻可不是随便就能决定的,何况我都还没准备好。"

许恒舟无奈地叹了口气:"你啊。"

知道许恒舟不打算往下说,陈束趁机转移话题:"难得过来,中饭就在这边吃吧。"

"我做?"许恒舟问她。

陈束笑了笑,坦白道:"我的手艺你看不上的。"

就这样,许恒舟应了陈束的邀请,在这边吃过中饭之后才离开。

吃饭过程中,林初阳一改平时话痨的性子,倒真像是陈束说的那般有些自闭,从头到尾没说几句话,除非许恒舟直接找他。

"林先生是做什么的?"

林初阳老实地回答:"网站管理。"

许恒舟笑了笑,状似无意地问起:"林先生和束束关系应该很好吧,平时我不在的时候,还麻烦你多照顾点她。"

"好。"

"我是陈束的哥哥,林先生有什么问题,也可以随时来找我。"许恒舟从口袋里拿出一张名片递给林初阳。

陈束实在看不下去,拉下脸不满地敲了敲餐桌:"够了啊,还能不能好好吃饭了。"

许恒舟意识到惹陈束不开心了,不好意思地笑了笑,夹了一块红烧肉放在陈束碗里:"你多吃点,又瘦了。"

陈束无奈,脸上却还是挂着笑容,反驳道:"瘦点好看,我可是靠脸吃饭的艺术家。"

许恒舟摸着她的头说:"才华够用,靠什么脸。"

饭后，顾及陈束还要赶稿子，许恒舟倒是没有在这儿多做停留，只是不忘提醒陈束注意休息，别把身体折腾差了。

陈束送许恒舟下了楼，看他坐上车才回来。

回到楼上，林初阳正在客厅拼他新买的拼图，见她回来，遂开口道："我好像真的给你带来了很多麻烦。"

陈束疑惑他为什么突然说这个，嘴上没好气地答道："知道就好。"

林初阳笑着从拼图里抬起头，十分真诚地表示："所以我一定会在写稿这件事上面好好帮你的。"

"滚！"

陈束瞪着他，伸手将他刚刚好不容易拼好的拼图又给拆了，气鼓鼓地转身去收拾厨房。

3.

这次的大纲进展得很顺利，几乎没有太多纠结的地方，陈束很快就写了出来。

陈束将大纲交给粟衿之后，大获赞美，说得陈束差点打算丢下手上这个，直接写新文了。好在粟衿高兴之余，还是很冷静的。

她问："手上的稿子准备什么时候完结？"

陈束郁闷地扶额，试图挽救："我要不先把细纲写出来？"

粟衿的态度看上去好像十分温和："细纲可以先写出来，但是这个稿子拖了这么久，读者那边不好交代啊。"

说起读者，陈束已经八百年没去自己的社交网站上面露脸了，生怕被读者逮到后被催稿。粟衿加上林初阳已经够她受的了，她可不想再给自己去找一群催稿的人。

"可是……"陈束总不能说,自己又卡住了吧。但她才发了两个字,粟衿那边已经又发了一长串过来:"趁着最近状态好,先把这篇写完,剩下的我们再慢慢写,好不好?"

粟衿都放低姿态来安慰她了,她还能说什么,只能硬着头皮答应:"那好的吧,我把细纲捋一下,就马上开始写这边的。"

"加油!"

陈束盯着粟衿发过来的加油,郁闷地往椅子上一瘫,闭着眼准备逃避生活。

林初阳刚从房间出来,就看见陈束保持着这个动作,走过去弹了下她的额头:"干什么,逃避生活呢?"

陈束被他吓了一跳,直接从椅子上面摔下来。

"林初阳,你有病啊!"

她顾不得身上的疼痛,愤然从地上爬起来,对着林初阳捶了一拳。

林初阳也没想到会弄出这么大的动静,不吭声地挨了一拳,担忧地问道:"你没摔伤吧?"

陈束的气一下生不起来了,她下意识地摸了摸摔疼的手臂:"你觉得呢。"随即撇了撇嘴,似要哭出来,"都摔肿了。"

"对不起啊。"

陈束把伤口露出来,一本正经地教训道:"你有本事对着我的伤口说,看它会不会原谅你。"

哪知林初阳真对着伤口说了句:"对不起,摔疼你了吧。"然后转头对陈束说，"我跟它说了，它那么善良，一定会原谅我的。"

"你从哪儿得知它很善良的？"陈束不可置信地问。

林初阳讨好地说："因为它的主人很善良啊。"

"滚！"

林初阳心虚地挠了挠头发，弯腰将地上的椅子扶起来摆好，冲陈束笑了笑，转身往厨房走去。

没多久，他从厨房探出头来问道："吃方便面，还是酸辣粉？"

等了一会儿，客厅才闷闷地传来一句："酸辣粉。"

关于手上这个稿子，陈束其实也很清楚自己到底拖了多久，从去年年底，开始向读者透露相关消息，至今已经过去了大半年。

这对于别的创作者，可能只是正常的速度，但是对于陈束来说，这样的速度，意味着她可能会有将近一年半的空白期。而这段时间，会有大量的新人涌现，她将会面对更多的竞争者。

粟衿一直都说，言情小说的市场，风云莫测，读者随时可能就变了口味，想要长时间在这里存活，就必须保持足够的活力。

陈束盯着文档叹了口气，最终还是开始动手写起来。

因为是故事高潮，男女主角的感情在这个阶段会从一开始的懵懂到爆发，双方认清自己的心意后，再进入下一个阶段。

就算是已经给自己打足了气，陈束还是写得尤其谨慎，生怕被人挑出哪里写得不好。

这几年，她都是这样过来的，每天束手束脚地面对着文档，明明知道这样不对，却也没有更好的办法。

到最后，她写稿子的速度越来越慢。

"粟老师，遇到难题了。"

陈束硬着头皮写了两天之后，终于点开了粟衿的对话框。

工作日粟衿回消息向来很快，下一秒，对话框就弹出一条消息："哪里的问题？"

"我现在像个没有感情的杀手。"

"先发过来。"

得了这句话，陈束马上将文档发了过去。下一秒，显示文档已接收。

虽然她没写多少，但按照粟衿的习惯估计会从头看一遍，陈束也就不着急她能很快回复，干脆点开了新出来的综艺节目。

果然，她刚把这一集综艺节目看完，粟衿那边才发消息过来。

"你转性了？"粟衿问。

"我现在一心求学，无心感情。"

粟衿没空跟她绕这些，直接点出问题："两个人的感情线太干了，兄弟情都比你这个要感人啊。"

"我也在纠结啊，你说他们是不是不想谈恋爱啊？"

"他俩很冤枉。"粟衿十分直接地说，"你以前写也不是这个样子啊，怎么越拖问题越多。情节方面我就不说了，人物感情都撑不起来，这个故事就没什么好看的了。"

陈束发了个委屈的表情："我也觉得最近越写感觉越不对，已经没法代入感情了。"

"需要休息一下吗，或者……"粟衿停顿了一下，最终发过来一句，"谈个恋爱吧？"

"粟老师，你这是在给我出难题。"

"小丸子，有时候有些事情啊，确实要亲身经历了才会深有体会。"

陈束发了一个哭泣的表情，十分委屈地说："我还是好好改稿子去吧。"

粟衿甚表欣慰："总算长大了。"

虽然一直拿陈束开玩笑，但是粟衿最后还是帮她找了好多电视剧，包括别的优秀小说，让她抽时间好好研究一下。

晚上，林初阳已经去睡觉了，陈束还坐在电脑面前，窗外的霓虹灯光直直地照进房间，在地板上投出长长的一道剪影。

林初阳睡之前过来提醒过，让她别太晚睡，陈束心不在焉地应了一句，现在早就已经被她抛到了脑后。

她盯着电脑右下角的时间，呆愣愣的，像是在想什么问题，又好像只是出神了。

陆简将她带走的事情，好像对她影响并不大，她每天照样起床、吃饭，该做什么就做什么，只是每次一到深夜，那些话就不自觉地在脑海回荡。

她真的已经不适合写作了吗？

陆简说，她已经失去了对写作的敬畏和崇拜之心，就算写出来也不过是浪费资源。

她也曾无数次地问过自己，到底还能不能继续写作？

这个问题，她答不上来，但她知道，自己还放不下，对这里仍然有依恋，割舍不得。

只是，她现在写出来的这些东西，真的还适合拿出来吗？

林初阳半夜起来喝水，被还在客厅的陈束吓了一跳，走过去发现陈束竟然靠在椅子上睡着了。

他欲开口喊醒她，可最后还是没忍心，直接弯腰抱起她，将她抱回房间。

大概是这段时间太累了，陈束睡得很沉，第二天发现自己在床上时，还十分纳闷自己到底是怎么回的房间。

说起陆简，自从上次那件事之后，他就好像人间蒸发了一样，林初阳事后试图找过他，但没找到。

林初阳不惜背着陈束消耗精神力强行回了一次系统，通过系统那边找了一次，还是没有任何结果。

陆简就像很多年前一样，从系统，甚至整个世界消失了，没人知道他去了哪里，也没人能找到他。

陆简曾经是系统里最出色的软件精灵，他不仅能够快速识别大量的信息，他的各项能力都是所有精灵里面最出色的。

所以，没比林初阳大上多少的陆简，在林初阳还在努力学习那些复杂繁多又难以辨认的代码的时候，已经迎来了他的第一个用户。

听陆简说，那个人是个很出色的作者，基本上不会让他操多大的心，他甚至还能够闲下来学很多别的东西。

他的棋艺、茶艺，甚至泡咖啡，都是那会儿学会的。

但是，过了几年，陆简忽然被系统召回，那会儿林初阳正在跟着另外一个前辈学习，对情况并不是十分了解，只是后来听别人提起，说陆简的用户不能再使用软件，他必须服从安排去别的地方。

当用户不再创作后，对正常的软件精灵或多或少会有影响，基本很难再继续工作。但陆简不一样，他不仅回来了，还很快就被分配了新用户，可没过多久就出了事，陆简这次是被强行召回。

但陆简并没有回去，他像是提前知道会遭遇什么样的惩罚，早早地消失了。

系统当时动用了所有的力量去寻找陆简，愣是没有找到他。当时的林初阳，还在心里暗自庆幸，没有人能找到他。

系统没有找到人，一气之下，就直接将陆简从系统开除，并贴出永久通缉令。

能在这里与陆简相遇，林初阳心里的狂喜多过震惊，他无数次想扑过去抱住陆简说一句"好久不见"，问陆简过得好吗？可最后却什么都没有说出口。

不仅没将寒暄说出口，现在还要处处防备他。

陆大哥，已经不是原来的陆大哥了。想到这里，林初阳忽然觉得胸口闷闷的，像是被什么东西压住，连喘气都变得困难起来。

他终究还是没有将陆简的行踪报告给系统，连搜查都是暗自进行。

在他心里大概还存有一丝幻想，仍然相信，陆简是可以变回曾经那样，又或者，相较于销毁，他宁愿陆简还存在于某个地方。

陈束对着粟衿发过来的那一大堆资料看了好几天之后，她终于忍不住，去作者群里喊了一声。

"你们说我是不是真的要去谈个恋爱试试啊？"

很快，对话框里一下刷出无数条消息。

"没错。"

"这还需要问吗？"

"丸子，你开窍了？"

最后，连易点点也冒泡了："陈束，你受什么刺激了，是觉得现在的生活太安逸了吗？"

陈束蛮不情愿，却还是无奈地解释道："不是的，是我发现最近写感情戏，十分没有感觉。"

"感觉这种东西嘛，截稿日来了就有了。"

"单身久了是这样。"

"我抱着回忆一个人睡……"

"这个确实需要亲身实践一下，不瞒你们说，那种感觉你们一定会喜欢的。"

大家七嘴八舌，陈束也没有真的去细看，易点点的私聊也发了过来，对方一连发了一长串笑脸表情，才总算开始说正事。

"阿束啊，辩证唯物主义认为，实践是检验真理的唯一标准。"

陈束不服气地回过去："怎么，你也觉得我现在的问题不是要怎么突破写稿瓶颈吗？"

易点点郑重地表示："这不是在根源上解决你瓶颈的问题嘛。"

"这个是这么容易解决的吗？"陈束气急败坏道。

"你家不是正好有一位吗？"

"你疯了！"

易点点发了个鼓励的表情，抛下一句"我这周的稿子还没写"就直接下线了。

陈束跟群里的人聊了一通，大家的思维十分跳跃，转瞬之间，话题已经从陈束最开始提的问题跳到了这个季节哪里比较适合度假，甚至好几个空闲的，已经开始私下邀约了。

陈束不知道，她昨晚在平板电脑上登录了微信之后，忘记下线，刚才那些对话，一字不落地全被正在玩游戏的林初阳看到了。

"我觉得他们的建议还不错。"

林初阳眼疾手快地盯着平板电脑操作着，在这空隙，忍不住插了句嘴。

陈束疑惑地转头，要不是那句话太过清晰，她差点以为自己幻听了。下一秒，她反应过来，扑过去直接将林初阳手上的平板电脑抢过来。

林初阳没想到她会有这么大的反应，盯着空落落的手，目瞪口呆。

陈束飞快地将微信退出，这才将平板电脑还给林初阳，就好像前面那一切都没有发生似的，再次回到了原来的位置。离开前，她还顺走了林初阳放在桌上的一碗水果。

"陈束，我的MVP（最优秀选手）被你弄没了。"

林初阳看着还回来的平板电脑上黑白的界面，不满地抱怨。

陈束吃着圣女果，心不在焉地敷衍道："有空还你一个。"

"不用了，我觉得还是解决你的写作瓶颈问题比较重要。"

"找死？"

林初阳干脆迅速解决完这局游戏，走到陈束身边，认真地劝道："没有任何事实依据的想象是十分薄弱的，经不起时间的推敲。"

"你从哪儿学来的歪道理？"

林初阳认真地说："书上都是这么说的。"

陈束无奈地拍了拍林初阳："没事别看那些有的没的，开开心心玩不好吗？"

林初阳看陈束的目光忽然变得有些探究又好奇，说不出来的奇怪，他说："陈束，你不会是……"

"滚！"

"我说你，就算是那样，你也……"

"林初阳，你到底怎么样才可以回去，从我的世界里消失啊？"

林初阳失落地嘟起嘴，不开心地说："原来你真的很讨厌我啊。"

陈束敷衍地笑了下，表示："反正没有多喜欢。"

"陈束！"

林初阳气鼓鼓的。

哪知陈束没有半分害怕，抬起下巴，不甘示弱道："怎样？"

"没事。"

最终，还是林初阳率先软下态度，怯怯地回到原来的位置上。

第八章 恋爱练习

1.

"陈束,明落山的枫叶红了。"

陈束还在男女主感情线里挣扎,林初阳忽然跑过来,将平板电脑递到她面前,上面正是郊外明落山的照片。

"你想去?"陈束诧异道。

之前公司组织团建的时候,陈束和粟衿他们去过一次,还在晚上提灯夜游过,山上的萤火虫很多,那里确实是津州很不错的景色。

林初阳点头:"我们去玩吧,听说这个季节,那边的早橘也熟了。"

听林初阳这么说,陈束才意识到,夏天已经过去了,几场雨下来,连明落山的枫叶都红了。

见他满是期待,陈束虽然对这些活动的兴趣不大,也还是没办法拒绝他的提议。

"你等我……"

陈束的话还没来得及说完,林初阳已经将她从椅子上拉了下来。

"不等了，现在就去，赶快收拾东西。"

这着急的样子，根本没给陈束任何拒绝的机会，林初阳将她塞进房间，关门前还不忘提醒她："快一点啊，不然没办法看落日了。"

陈束不情不愿地点了点头，叹了口气，还是开始认命地收拾行李。

两人就去住一晚上，也就没有什么好收拾的，陈束带了个小包，还没塞满，转头看见林初阳竟然拿着行李箱出来。

陈束一脸诧异："林初阳，就是去住一个晚上，你这是搬家呢？"

"可是出去玩不都应该带个行李箱吗？"

这个回答还真是让陈束无话可说，她也没继续阻止林初阳，想了想，干脆将自己的东西也一并塞进了林初阳的行李箱里。

明落山离他们所住的小区有一段距离，两人需要乘地铁转大巴，才能到山脚下。

陈束这段时间没怎么睡好，到中午就开始犯困，坐在车上，翻来覆去换了好几个姿势，都没办法睡着。

林初阳适时地塞了一只耳机给她，在她戴上之后，直接将她的头扳到自己的肩上："睡吧。"

陈束本能地要起身，被林初阳拦住，于是她就枕在林初阳肩上，闻着那近在咫尺的洗衣液混合着沐浴露的香味，不自觉地红了脸颊。

耳机里，是一首甜甜的日语歌，女歌手清甜温柔的声音，像是在哼唱一首摇篮曲。

果然，没多久，陈束就睡着了，一直到车到站时，林初阳才将她喊醒。

陈束睡醒，整个人都还处在"蒙圈"的状态，就被林初阳拖着去酒店放了行李，直到开始往山顶赶，她都还是一副没回过神的样子。

走了一段，陈束开始感觉到累，意识才渐渐清醒。

"林初阳，我们为什么不找辆车啊？"

她一手扶着腰，一手拽着林初阳，发自内心地疑惑。

林初阳轻咳一声，作势去鼻梁上扶了扶，发现没眼镜，尴尬地收回手，解释道："有些地方，太轻松到达的话，就失去了它的意义。"

陈束无语："都说了，你不要总是看这些书。"

林初阳毫不在意地笑了笑，拖着陈束继续往前走。

这个时节的明落山真的很美，成片成片的枫叶染红整个山体，山间小道，一地落黄，人走过，像是奏响一曲秋天的歌。

大概是太累了，陈束感觉思绪开始放空，她好像很久没有这样的感觉，她渐渐沉浸在景色里，全身心地去享受这种来自心灵的舒适感。

两人好不容易到山顶，过程中，陈束说了很多遍"要不就在这儿看看吧"，均被林初阳拒绝。

林初阳这个人，看上去一副很好说话的样子，其实在很多事情上，却顽固得像个老头子。

他早就已经在网上查过最佳观景点，陈束跟着他找到一块空地。

林初阳坐下后，伸手拍了拍身边的位置，示意陈束也坐下来。

不得不说，这个位置，确实是整个山顶观日落最好的地方。这会儿离太阳下山还有点时间，柔柔的阳光，洒在整个山顶。

陈束伸了个懒腰，转头夸赞道："没想到，你竟然还能找到这种地方。"

原本以为，林初阳应该会得意一会儿，却没想到，他忽然开口喊道："陈束。"

陈束整个人一愣，林初阳很少会这么一本正经地喊她的名字，让她不自觉跟着严肃起来。

他说："其实，你已经很优秀了，你写的书很好看，我不知道陆简对你说了什么，但我希望你不用去在意，更不要将自己困在其中。"

陈束一时间竟然不知道说什么好，她没想到林初阳也看出了她的困惑，看出了她并不是什么都不在意的。

"你干吗，突然熬什么鸡汤？"她佯装嫌弃地用胳膊撞了撞林初阳，并不打算在这里跟他袒露心声。

林初阳也没多坚持，轻笑一声，伸手揉了揉陈束的头发："你真是……不解风情。"

晚上，两人在明落山附近转了转，早早地回去洗漱休息。

不巧的是，陈束房间的吹风机坏了，跑去林初阳那边借了个吹风机，哪知林初阳不仅给她送来了吹风机，还送了面膜、眼贴。

陈束惊讶地盯着那些东西："林初阳，你居然连这些都带来了？"

"既然是出来玩，当然就得全身心地享受这种轻松的状态。"

他还不忘叮嘱陈束,"一定要记得用啊。"

陈束倒是没有拒绝,既然林初阳都这么贴心了,她不接受的话,那也太不识趣了点。

从明落山回去后,林初阳大概也知道陈束最近在烦着写作瓶颈的事情,也就很少像以前那样反复拿着字数说事。

何况,看到最近陈束的状态,他也没什么好说的。

稿子虽然还是一直在她删删改改中艰难前行,但好在陈束感觉还算不错,加上粟衿那边也让她可以先写完,再看看怎么样从细节之类的地方开始调整。

陈束自己也知道,她现在的笔力完全比不上状态最好的时候,每次面对一些重要情节,就会有种力不从心的感觉,也会担心读者那边的反馈结果。

但转念一想,她还是喜欢创作啊,因为喜欢,所以就算写作对她来说已经不是一件轻松的事情,也仍然不想放弃。

许恒舟意外地打电话过来,说是最近有部新电影上映,问她有没有兴趣去看。

陈束犹豫了一下,没有拒绝。这么多年,只要是许恒舟的要求,她都没有办法拒绝。

这次,陈束倒是没有再找别的理由,直接告诉林初阳,许恒舟约她出去看电影。

林初阳那会儿正在对着茶几上那两只打转的苍蝇深思,听陈束这么一说,只回了一句——玩得开心。

看吧,有时候,林初阳还是个十分通情达理的人。

许恒舟提前将影院的地点发给陈束,就在陈束家附近,大概也是想到这样两人都比较方便。

陈束当天提前过去,而许恒舟却差点迟到,他手里提着两杯奶茶,看了看观影时间,急急忙忙地将手上的奶茶递给陈束一杯,揉了揉她的头发:"抱歉,路上耽搁了会儿。"

"嗯,进去吧。"陈束接过奶茶,什么都没说。

电影是由小说改编的爱情片。

真好啊,听说主角还是作者亲自选的,她什么时候也可以这样呢,陈束心想。

陈束看过小说,所以大致能猜到故事走向,只是偶尔为了艺术表现形式,情节有所调整,整体来说,整个影片感情细腻,人物有张力,将书里的故事还原得很好。

然而,许恒舟却已经和旁边的女孩子相聊甚欢,只差没加上微信了。

陈束听了几句,好几次欲开口说什么,最终却还是选择了沉默。

电影结束之后,陈束和许恒舟在附近吃了晚餐,日式拉面,味道很不错。

"今年又没怎么回去?"吃饭的时候,许恒舟问陈束。

陈束点头:"上半年回去了一次,下半年比较忙,可能要等到年底去了。"

"难怪阿姨天天念叨你。"

陈束撇了撇嘴:"她跟我爸两个人二人世界幸福得很,我呢,就在外面寻找我自己的幸福。"

许恒舟伸手弹了下她的额头:"当初你坚决不肯接受她给你安排的工作,我都替你捏了把汗。"

"你呢,阿姨可是没少和我妈抱怨你。"

许恒舟耸了耸肩:"老样子喽。"

两人对望一眼,最后相视而笑。

2.

许恒舟本来是说要送陈束回去,被陈束拒绝了,她说自己还有别的事情要去忙。

实际上,她和许恒舟分开后,立马去了最近的酒吧。

她总是说,林初阳总是看些没用的书,说些泛泛而谈的大道理,然而,她不得不承认,书里的话,并没错。

有些人,能够成为一辈子的朋友,却终究不能成为恋人。

喜欢许恒舟的时间,至今已经十多年,她总是站在一个离他不近不远的位置,看着对方舒展羽毛骄傲地活着。

易点点说她这就是自作自受,既然喜欢,为什么从来不去争取?

陈束不想说,她试图争取过很多次,然而每次当她好不容易鼓起勇气,许恒舟就会告诉她,他最近好像遇到了爱情。

他的爱情啊,好像一直都在路上。

她看着许恒舟交往了一个又一个女朋友,从一开始的难受,渐渐变得麻木。

陈束无数次地告诉自己,应该放手的,至少不能一直这样停在那儿就不走了,可过去这么多年,她好像真的就走不动了。

　　酒真不是个好东西。
　　陈束喝了两杯之后,就开始觉得头疼。趁意识还算清醒,她赶紧给林初阳打了个电话。
　　"林初阳,我喝醉了。"
　　林初阳刚刚从洗手间出来,拿着毛巾擦着头发上的水,听到这句话,他立马问道:"在哪儿?"
　　陈束报了个酒吧名,便挂断了电话。
　　"该死!"
　　林初阳骂道,片刻不停地去房间换好衣服出门。
　　他以前在系统里的时候,见过陈束的酒量,不过是喝了三瓶啤酒,就趴在桌上动弹不得,嘴里还一个劲地说着胡话。
　　那个时候,他觉得她那模样很可爱,现在,鬼知道他到底是生气还是担忧。

　　林初阳赶到酒吧,一眼就看见了在角落的陈束,身边还围着几个不怀好意的男人。
　　林初阳半眯起眼睛,几步走到陈束身边,将她拉到自己身后,一拳打在对面一个准备上手的男人脸上。
　　那人平白无故被打了一拳,又被那么多人看着,面子下不去,骂了句脏话,扑过来就想将刚才那拳打回来。
　　林初阳拉着陈束侧身躲过,捏住对方的手腕,微微用力一拧,对方惨叫一声,直接跪到了地上。

"给你个教训,让你知道,她可不是你能随便碰的。"

对方气急败坏,不管手上的疼痛,冲旁边几人喊道:"给我揍那小子。"

只见旁边三五个人直接扑了过来,林初阳毫不恋战,见这形势,拉着陈束就往外面跑去。

那几人追了几步,见追不上后,骂骂咧咧了几句,就转身回了酒吧。

陈束的意识已经开始模糊,被林初阳这么拉着跑了几步,胃里面汹涌地翻滚起来,忙转向旁边的花坛,吐了起来。

"不能喝酒就不要喝酒。"林初阳去旁边的商店买了水和纸巾,一并递给陈束,不满地教训道。

陈束稍微清醒了一点,认真地告诉林初阳:"我告诉你啊,有时候,感觉难受的话,只能让自己更难受才会舒服一点。"

林初阳没心情跟她在这里讨论什么哲学问题:"说什么胡话,回家了。"

陈束傻傻地笑了一声,应道:"好。"

"林初阳,原来你会打架啊?"

陈束跟跟跄跄地走着,想起刚才在酒吧的事情,回头问道。

林初阳紧张地跟在后头,生怕她不小心摔跤,所以回答起来,有些心不在焉:"以前没事做的时候学过。"

陈束忽然想起林初阳刚来那会儿,被她打得浑身是伤,甚至还送到派出所的事情,霎时后怕起来。

她紧张地抿了抿唇,小心翼翼地追问:"那你记仇吗?"

林初阳被这个问题问得一蒙,但还是很认真地说:"得看是什么仇。"

陈束心里"咯噔"一下,完了。

"林初阳,我平时对你还好吧?"

林初阳只当她是喝醉了,在那说胡话,也就不计较她这样想一句说一句。

"还行。"

"还行是多好?"陈束不懈地追问。

林初阳敷衍道:"很好。"

陈束这才稍稍放了点心。

到小区楼下,陈束非要再去买酒,林初阳怎么拦都拦不住,想到她可能真的遇到什么难受的事情,最终妥协,还帮她把酒拎了上去。

陈束一回去就坐在茶几旁的地毯上,眼神迷离,却还记得要去开酒瓶。

只是她手上使不上什么劲,试了两次都没打开,她气鼓鼓地将酒瓶递给林初阳。

"我打不开。"

林初阳没法,只能替她开酒瓶。

陈束满足地喝了一大口,恍然想起自己一个人喝不怎么好,于是又递了一瓶给林初阳:"林初阳,你要喝点吗?"

"不用。"

林初阳没有伸手去接,他喝过酒,一点都不好喝,还比不上厨房的两瓶牛奶和几罐果汁。

陈束语重心长地劝解道:"你不能拒绝得这么干脆,有些东西,你得尝试过,才会知道自己到底喜不喜欢,喜欢成什么样,喜欢多久。"

"所以,你喜欢吗?"林初阳试图转移陈束的注意力。

陈束摇头:"我不想尝试了。"

"那我也不想尝试。"

"不行。"陈束严肃地板起脸,随即态度又软下去,委屈巴巴地求道,"你陪我喝一次嘛,一个人喝酒很没意思的。"

"我不喜欢喝酒。"

林初阳皱起眉,整个身体都在抗拒它。

陈束摇头,十分认真地表示:"你会喜欢上它的,相信我,没有人能够抵抗它的魅力。"

林初阳真的不愿意再回味那个味道,无奈陈束太过坚持,他开始想办法看怎么能够躲过这一劫。

可是陈束已经自己动手将她开了两次都没成功的酒打开,递到林初阳面前:"你就陪我喝一点。"

林初阳最终抵不过陈束的再三请求,接过那瓶酒,陪着陈束一块喝了起来。

两人的酒量都不是很好,没一会儿,林初阳便感觉头开始变重,意识开始模糊。

陈束看出林初阳的变化,嘲笑道:"林初阳,你的酒量也太差了吧,连我都喝不过。"

"你的酒量也没好到哪儿去。"

"我明明喝得比你多。"

"我这是第一次喝酒,以后肯定比你厉害。"

陈束笑着拍了拍他的肩膀:"酒量这种东西啊,就是老天爷安排的,后天是学不了几分的。"

林初阳伸手揉了揉陈束的头发,因为喝醉了,他动起手来,没轻没重,陈束的头发被他揉成一团。

陈束倒也没介意,伸手随意扒拉了两下,继续喝酒。

忽然,陈束十分认真地开口:"林初阳。"

林初阳迷迷糊糊地转过头来,正对上陈束的脸。

气氛突然间变得有些奇怪,四周好像有什么东西在试图逃脱,四目相对,谁都没有避开。

"那个……"

"嗯?"

接下来的一切发生得太过自然。

唇瓣传来的柔软触觉,加速了心脏的跳动,陈束觉得大脑像是有电流经过,随即一片空白。

再有意识,已经是第二天。

陈束扶着似要炸开的头,下意识地骂了句脏话,躺在床上缓了好一会儿,才总算有点力气。

她打开门,林初阳也正好从对面房间出来,看上去并不比她好到哪儿去。

目光和林初阳对上的那一刻,昨晚那些记忆扑面而来,陈束的脸唰地变得通红,来不及多做思考,下一秒就迅速窜回房间。

她背靠着门,捂着不断起伏的胸口,想起昨晚那意外的场景,真想回去将自己揍一顿。

尤其是最后,她居然还没皮没脸地说了一句:"原来接吻是这样的啊。"

真是该死。

陈束懊恼地暗骂了自己一声,伸手将头发揉得乱七八糟,哀号一声,决定去找易点点。

"点点,完了。"

易点点那边很快发来回复:"干吗,粟老师找你了?"

"不是,比那严重多了。"

"那是什么?"

陈束做了一番心理准备,手在键盘上敲敲打打,删了又删,最终发了一句:"我昨晚喝醉了。"

易点点不解:"你又不是第一次喝醉,至于这样吗?难不成你趁着喝醉,来了一场酒后乱事。"

半天没有等到陈束的回复,易点点惊叹道:"不会吧,你真来了一场酒后乱事?"

陈束尴尬地解释:"也没有那么严重。"

"那是怎么回事?"易点点严肃地警告她,"你最好现在整理清楚,然后马上告诉我。"

陈束紧张地握着手,盯着屏幕的字。那边的易点点不耐烦地发了一长串表情。她暗暗给自己打了打气,深吸了一口气,心一横,

迅速打了一句话。

"我亲了林初阳。"

易点点迅速消化完这件事，发了整整一个屏幕的"哈"字，好一会儿才恢复理智，好心劝道："阿束，不到万不得已，把酒戒了吧。"

"我知道，我现在连房门都不敢出去了。"

易点点以一个过来人的身份鼓励道："这样可不行，这种事双方获利，没人吃亏，谁尿谁尴尬。"

"我刚刚已经尿了。"

"那你现在更不能尿，拿出点成年人该有的魄力，不就是接个吻，有什么好怕的，大不了干脆顺水推舟，在一起算了。"

易点点说得慷慨激昂，大有现在就撮合两人的意思。

"你是人吗？"陈束反问，"林初阳可是精灵，虽然比不上电视里那种，那也不是随便就能去勾搭的。"

"得了吧，你要是愿意，他还舍不下那些虚荣？"

陈束不想听易点点继续编下去，不得不及时打住："你先说我现在该怎么办？"

"该怎样就怎么样呗。"

说完，易点点又有些不放心地叮嘱："你得表现得一如平常，才会显得你半点都不在乎。"

"好吧。"陈束想了想，好像也只能这样了。

她给自己打足了气，才终于提起勇气打开房门，脑袋里那根神经紧紧绷着，一刻也不敢放松。

"早上好。"

她僵着脸，淡淡笑着，打招呼的动作十分刻意。

林初阳还没从宿醉里清醒过来，皱着眉头喝着刚泡好的蜂蜜水，指了指餐桌一角："先喝一杯水。"

放在平时，这只是句再正常不过的话，此刻却刺激着陈束敏感的神经。

她下意识地想要拒绝，但一想有些过于矫情，连忙强行镇定，道了句谢，猛地一口将那杯水喝掉。

林初阳看她差点被呛到，出言提醒："慢点喝，又没人跟你抢。"

陈束不好意思地笑着，拿着已经空了的水杯，去厨房冲干净，放好。

虽然她已经在心里无数次地告诉自己，那不过是个意外，不用太在意，但面对林初阳的时候，陈束仍旧草木皆兵。

这不，林初阳不过是喊了她一声，陈束就紧张得连心跳都漏了半拍。

"你一会儿准备吃什么？"

"哈？"陈束一下没反应过来，好一会儿才明白过来林初阳说的是早饭的事情，木讷地应道，"都可以。"

关于醉酒的事，林初阳看上去要平静得多，平静到陈束都开始怀疑，那件事是不是只是自己的幻觉。

"林初阳，那个……"陈束欲言又止。

林初阳不解地看向陈束，等待着她接下来的话，她最终摆了摆手，表示："算了。"

"什么啊，又不说完。"林初阳满腹疑惑地抱怨。

陈束笑了笑，摇头："没什么。"

她总不能问林初阳，你记不记得昨晚喝醉接吻的事情吧。

林初阳挠了挠头，继续手上被陈束打断的事情，倒也没将陈束那略微有些紧张的神情放在心上。

3.

之后的好些天，陈束面对林初阳的时候，脑海里就会反复出现那晚自己没皮没脸的模样。

要说林初阳，他还真忘了那晚的事情。他酒量本就不好，加上那晚酒喝得又猛，整个人直接喝断片了，除了记得陈束扯着他喝过酒，连自己怎么回到房间的，他都记不得了。

只是最近陈束看他的眼神有点不对劲，让他总有种自己是不是在喝醉之后做了什么事情的错觉。

几天后，林初阳终于忍不住问："我是不是做错什么事了？"

陈束一愣，下意识地反问："你不知道？"

"我该知道什么？"

陈束脸一红，连忙摇头："没、没什么，你要是不记得，就算了。"

"所以我真做了什么事情？"林初阳使劲想了想，硬是没想到自己到底做过什么，最后只能表示，"酒果然不是什么好东西。"

陈束尴尬地笑道："确实不是好东西。"

"你也别乱喝了。"林初阳严肃地告诫她。

陈束连连点头附和："我知道，我知道的，再也不会了。"

确定林初阳什么都不记得了，陈束心里的大石头才算落了下来，既然他都不记得了,那就当这件事没发生。

何况,他充其量也只是一个软件精灵。

林初阳在某天吃饭时,忽然提议出去转转。陈束没想到,林初阳说的出去转转,竟然是去沙滩度过两天一夜。

面对林初阳以"找灵感"为由提出的建议,陈束没有理由拒绝。

地点是林初阳选的,在邻省的海滨城市,这时候过去,正好还能赶上最晚的一批螃蟹上市。

林初阳准备了不少东西,出发前一晚开始满屋子地收拾,陈束不情不愿地坐在不远处的沙发上,懒散地回答着林初阳的问题。

"陈束,防晒霜要带对吧?"

"嗯。"

"护肤品带这些够吗?"

"够。"

"洗漱用品,防晒霜,换洗衣物,零食,娱乐设备……"林初阳一件件清算着,最后转头问陈束,"你的电脑要带吗?"

陈束终于打破她那慵懒的姿态,整个人像触电般弹坐起来,拿起手边的枕头朝林初阳砸去:"林初阳,你有病啊!"

林初阳平白无故挨了下打,委屈地捡起地上的抱枕,扔回沙发,不解道:"干吗,到底带不带啊?"

"你要是敢带就给我乖乖滚回系统里去。"陈束恶狠狠地威胁。

"那好吧。"林初阳看了一眼桌上的电脑,略微遗憾地收回已经准备伸出去的手。

有时候，陈束不得不感叹林初阳真的是个十分优秀的管家。

每次出行的行程，他总是能提前做很多准备，以至于很久没有享受到出行快乐的陈束，在近两次出行里，悠闲得完全不用想事。

这个季节的海滨，气温已经降下来了，陈束穿的衣服并不多，导致她刚从车上出来，就抱着胳膊打了个寒噤。

下一刻，林初阳的外套便盖在了她的肩上。

陈束诧异地转头，发现林初阳已经拎着东西往前走了，身上只穿着一件短袖。

他对陈束的落后有些不满，转头催促道："快点，怎么走路都这么慢？"说着，他将行李箱换了只手，拎着陈束的衣领，直接将她拖到自己身边。

陈束难得没有挣扎，任由他拽着，轻声说了一句："谢谢。"

林初阳得意地扬了扬下巴，没有接话。

酒店是林初阳在网上订的，陈束的房间有一个大大的落地窗，能够眺望到不远处的海面，碧蓝色的一片，远远延伸到远方。

门一打开，陈束便皱眉问道："林初阳，你是不是背着我干什么非法勾当了？"

林初阳伸手弹了弹她的脑门："想我兢兢业业地在系统辛劳多年，怎么着也得有厚厚一沓存款吧。"

"那你把钱还我。"

林初阳没好气地拍了下她的手："小气。"

"你都是有半人高存款的人了，怎么还总是压榨我这种劳动人民呢？"陈束悻悻收回手，撇着嘴抱怨。

林初阳伸手捏了捏她的脸,把她的行李放到房间,随即转身离开。

　　离开前,他多问了一句:"一会儿想吃什么?"

　　"等我换个衣服。"陈束一时没想好吃什么,想说还是先下去逛逛。

　　林初阳看了看她的打扮,叮嘱道:"多穿点。"

　　陈束这才反应过来身上穿的还是林初阳的外套,连忙脱下来:"对了,衣服还你。"

　　无奈被林初阳拒绝了:"不用,我那儿还有。"

　　陈束尴尬地拿着外套,心里却泛起一丝暖意。

　　原来,他连她忘了带外套都知道。

　　海滨城市的夜晚,微风树影,星辰闪耀,远处港口的灯塔和乘着夜色返航的渔船,凑成一幅温暖又明媚的画卷。

　　陈束和林初阳按照网上的推荐,找到当地不错的夜市,在里面吃了一顿海鲜。

　　林初阳意外大方,那些陈束曾经无意提起过的东西,他都点了一遍,弄得陈束再次怀疑道:"林初阳,你真的没有背着我去做别的什么非法勾当?"

　　林初阳无奈道:"你就当我买彩票中奖了,一夜暴富。"

　　"喊。"

　　林初阳拿筷子敲了敲她的碗:"有得吃你就好好吃。"

　　陈束很不走心地咧嘴一笑:"谢谢大佬赏口饭。"

　　"客气,客气。"

吃完饭，天色还没有暗下来，澄澈的天边，被落日染成绮丽的颜色。

而天的尽头，和碧蓝的水色相接。

陈束捂着撑得不行的肚子，感叹道："林初阳，谢谢你。"

谢谢你这段时间对我的照顾，谢谢你注意到我的紧张和压力，谢谢你愿意一直陪着我。

她不是无知无觉的人，这么多天来，她对林初阳的态度算不上多好，但是偶尔她写完稿转头发现房间还有个人，难受的时候有人陪着，吃饭娱乐都有个伴，这种感觉其实挺好的。

林初阳嫌弃地转头："干吗？"

"感激你，有问题吗？"

哪知林初阳根本不领情："神经病哈。"

陈束生气地一叉腰，怒道："那你到底要不要？"

林初阳转身，看着那微嗔的脸，无奈地答应："要要要。"

陈束冷哼一声，得意地扬起下巴："这还差不多。"

两人走走停停，直到天完全黑了才走到了海边。

凉凉的海风拂过陈束长长了不少的头发，海浪拍打着不远处的礁石，撞出一簇水花。

陈束试探着朝海边走了几步，随后将鞋脱掉，光脚踩在柔软的沙滩上。

借着月光，她看见不远处的贝壳里爬出一只小小的寄生蟹，动作迅速地朝海里爬去。

"林初阳，你快看。"陈束忙去喊林初阳。

林初阳正对着这片海滩，纠结着到底要不要脱鞋，被陈束一喊，倒也顾不上那么多，几步走到她身边，朝她指的方向看去。

"你看它跑步的样子多可爱。"陈束说。

"你这样跑也会很可爱。"

原以为林初阳是在嘲讽她的喜好，结果她转头看林初阳一脸真诚，倒是让她没办法去怀疑这个说法的真实含义。

最后，她还是佯装生气地骂了句："你才那样跑呢。"

林初阳并不在意，目光落在她身上，随后又被她身后的海螺吸引了去。

陈束的耳朵忽然被林初阳捂住的时候，她的心跳骤停了半拍，耳边是温润的触觉，伴着海螺里传来的海浪声，眼前是林初阳那张澄澈清朗的脸。

她微微张了张嘴，似要说什么，最终却什么也没说，任由两人保持着这个略微暧昧的姿势。

最终，还是林初阳将海螺放下，交到了她手上，嘱咐道："收好。"

陈束看着手上的海螺，想起从这场旅行开始，林初阳做的点点滴滴，不由得疑惑道："林初阳，你是不是又看什么言情小说了？"

"没有。"

林初阳不知道陈束为什么会突然提起这个。

"那你这几天怎么对我这么好？"

林初阳轻笑一声，随即故意凑到陈束耳边，悄声说："因为……"

陈束等了半天也没有等到下文，不满地催促道："快说。"

林初阳不满她的不懂情调，失落地叹了口气，意兴阑珊地解释道："你不是写不出细腻温暖的感情戏吗？这些可都是我特意在网上学了好久才拿来实践的，模拟一下，说不定能让你有所体会，举一反三。"

　　陈束气得将手上的海螺还回去："滚！"

　　"我特意学了很久的。"

　　"都说了多少遍了，你不要总是看那些乱七八糟的东西。"

　　林初阳委屈道："我可是为了你才这样做的。"

　　"谢谢。"

　　为了终止话题，陈束露出一个做作的甜美笑容，柔声道了句谢。

　　回去的路上，陈束和林初阳并排走着，谁都没有说话，直到陈束打破沉寂问道："林初阳，你有没有觉得自己跟了一个很差劲的用户？"

　　"嗯？"林初阳诧异地看向陈束，清明的眸子里写满了疑惑。

　　"写不好东西，写不出东西，一天到晚都那样浑浑噩噩，状态一落千丈，还禁不起打击，扛不住压力……"

　　陈束一件件地细数着。这些话，她曾经在无数个漆黑的夜晚，对着空洞的天花板，思考过无数次，却从来没有对任何人说过，哪怕是易点点。

　　林初阳伸手揽住她，将她拽进自己怀里，另一只手揉了揉她的头发，反驳道："谁说的，我的用户，她善良、正直，尊重作品，她在我眼里就是最好的作者。"

　　陈束仰头看向林初阳，他夸得这么一本正经，配上那张真诚的脸，还真让人没办法怀疑他话语的真实性。

她笑着用手肘撞了一下林初阳："往嘴上抹蜜了？"心里忍不住泛起喜悦。

林初阳被她看得不好意思，伸手扳开她的头，提醒道："好好看路。"

陈束轻笑一声，没有再提那些事，也没从他手腕里挣脱开来，任由他这么揽着。

虽然陈束对林初阳从网上学来的所谓体验式写作的方法很是不屑，但林初阳目的明确，认为试试总不会让陈束现在的这个状态更差。

还真是个乐观的年轻人。

陈束在心里感叹，到底没有继续阻止林初阳的做法。

短短两天的旅行，行程被林初阳安排得满满当当，最后陈束实在是玩不动了，可怜巴巴地求道："林初阳，我能不能申请下课啊。"

"学生不明白，老师只能费尽心思补课。"

"林初阳，你那些乱七八糟的把戏，我在小说中都写过了。"

"那为什么以前能写出来，现在却不行？"

这……

林初阳震荡灵魂的一问，让陈束哑口无言，半天答不上来，那些以前信手拈来的情节，为什么会变成现在这么僵硬和刻板。

"那不是老了吗，人一老思维就会固化。"

"我现在这不是在帮你捣碎它吗？"

"现在已经很碎了。"陈束提醒他。

林初阳不满地掀起她的刘海，重重弹了下她的脑门："歪理总是这么多。"

陈束不可置信地看着林初阳，半响过后，一道愤怒的声音平地响起："林初阳，你个浑蛋。"

该玩的地方差不多都玩过之后，两人才终于决定回去。中途粟衿来问过一次稿子进度，听说陈束在旅游，就没有再来找过她了。

回去的时候，陈束望着自己那间大片落地窗海景房，依依不舍地问林初阳："我可以再多住几天吗？"

"那你把自己抵押在这儿好了。"

陈束不死心地劝林初阳："你兢兢业业挣了这么多的钱，现在不花，以后就没机会了。"

"没事，我就是准备拿它做展览的。"

陈束被他气得不轻，朝横在他脚边的行李箱踢了一脚，然后昂首阔步地朝外面走去，嘴里不满道："不给就不给，小气鬼。"

林初阳淡笑着紧跟上去，顺手带上了房间的门。

第九章 出现新危机

1.

刚回到津州,陈束就接到粟衿的电话,吓得她的手机差点掉了。

"粟老师,怎么了?"

陈束深吸了一口气,心惊胆战地接起电话。

粟衿难得没有跟她寒暄,直接开门见山说明来意:"什么时候回来,抽空来一趟公司。"

"现、现在吗?"

"你什么时候有空,我安排一下。"

"我都可以。"

粟衿知道陈束这不是客套话,所以直接说:"那我安排好了直接通知你。"

"行,记得提前说。"

"嗯,我还有事,就先挂了。"说完,粟衿就直接挂了电话。

陈束捂着胸口,感觉自己的心脏都快跳了出来。她紧张地抓着林初阳,问道:"粟老师为什么突然叫我去公司,她从不轻易叫我去公司的。"

"大概是想和你解约吧。"林初阳故意说。

陈束气得重重地在他手上捏了一把:"我要是被解约了,你也就等着消失吧。"

林初阳疼得倒吸了一口凉气,怒瞪着陈束:"你干吗?你这样只会制造两个人的疼痛,没有意义。"

"那更不能让我一个人疼了。"陈束认真地说着,然后头也不回地离开。

粟衿将时间安排在了周五,陈束被林初阳压着写了两天的稿子,被闹钟闹醒,心里还在疑惑自己为什么这么早起来。

躺了十分钟,陈束猛地惊醒。

林初阳正在餐厅想着早餐吃什么,看见陈束这么火急火燎地从房间出来,不由得皱起眉。

"你干吗?"

陈束从洗手间里露出半个头,抱怨道:"你怎么不告诉我已经这个点了?"

林初阳不解:"你平时不都是这个点起来吗?"

"我没跟你说今天要去公司?"陈束收拾完后,问林初阳。

林初阳摇头,举着一包泡面问她:"没有,你——"

陈束根本没看见,烦躁地叹了声气,转身去了房间,以最快的速度换好衣服,马不停蹄地往公司赶去。

林初阳看着陈束匆忙离开的身影,悻悻地收回手上的泡面,无奈地嘀咕:"你不吃,我吃。"然后闷闷地去了厨房,给自己泡了一碗泡面。

　　陈束一路狂奔赶到公司,才发现粟衿找的人不止她一个。

　　"粟老师。"陈束将在来的路上匆忙给粟衿买的奶茶放在她桌上,然后有些尴尬地对俞小鱼说,"小鱼也在啊。"

　　俞小鱼笑了笑,解释:"粟老师说有事要讲,让我过来一趟。"

　　"好巧,我也是。"她顺势在俞小鱼旁边坐下,打趣粟衿,"粟老师,我最近好像没犯什么错吧?"

　　粟衿看了一眼桌上的奶茶,示意她别闹,轻咳一声,开始说明缘由:"今天叫你们过来,是有点事情要和你们谈一下。"

　　陈束难得看见粟衿摆出一副这么严肃的表情来说事情。大多时候,粟衿真的十分温柔,不管是她拖稿,还是她在反复修稿中崩溃来找粟衿,粟衿总是会十分贴心地去解决这些。

　　她深吸了一口气,忽然觉得这杯奶茶不应该递给粟衿。

　　粟衿用清冷的声音说:"找你们过来是要谈谈稿子的事情。"

　　"怎么,稿子出什么问题了,是违反了国家出版的相关规定,还是我被别人举报了,不会要被拘留吧?"陈束紧张地捂着胸口,担忧地问道。

　　粟衿斜了陈束一眼:"就你大半年都没作品出来,也要有东西给别人举报啊。"

　　陈束尴尬地笑着,不再说话。

　　"粟老师,我们的稿子怎么了?"俞小鱼重新将话题拉回来,疑惑地问粟衿。

　　粟衿的目光在两人之间稍作停顿,最后起身将桌上的两沓A4

纸递给两人:"你们先看看,然后我再说。"

那是一份大纲,陈束不过随便翻了两页就看出了其中的问题,她下意识地看了一眼俞小鱼,然后疑惑地转向粟衿,无声地询问她这到底是怎么回事?

粟衿无奈地耸了耸肩。

很明显,陈束手上这份大纲并不是她写的,但跟她的那一份又很像,剧情走向几乎一模一样。

"粟老师,这是……"终于,俞小鱼也发出了同样的疑问。

粟衿捋了下额前的头发,淡淡地说:"我看到的时候也很惊讶,虽然我知道创作中难免会发生雷同,但是你们所拟的大纲相似度也太高了点。"

陈束的眼神在两人之间来回游走,疑惑道:"我手上这个大纲是小鱼的?"

粟衿无奈地点头:"你们俩前后交上来的大纲几乎一模一样,我差点还以为谁自己又修了一版。"

"那现在这是要……"

粟衿看了看陈束,转向俞小鱼,略微严肃地说:"公司编辑组经过商量之后,决定只在你们当中留一个,另外一个,看看可不可以往别的方面修改一下。"

"这……"

陈束有些没反应过来,表情僵住,一时间不知道该说些什么。

相对来说,俞小鱼要稍微冷静不少:"那你们最后的决定是?"

粟衿看着两人，稍作停顿后，略带歉意地说："根据交上来的前后顺序，公司这边决定保留陈束的，小鱼的可能会做一些调整或者重新写个新的大纲。"

"可是我和她的稿子都是独立创作的啊。"俞小鱼对这个处理结果有些不满。

粟衿为难道："那公司也不可能出两本一模一样的书吧。"

"那陈束的为什么就不用改？"大概是气急了，俞小鱼连表面那点和睦都不再愿意维持。

陈束闻言，下意识地往旁边挪了挪，尴尬地看向粟衿。她也是刚知道这个消息，编辑部那边的决定，她事先毫不知情。

粟衿拿出主编的威严，冷着脸面无表情地同俞小鱼说明："公司这边也是出于各方面考虑才做的决定，原因刚刚不是也说了吗？陈束在你之前交过来，我们率先考虑她的也是必然的。"

"我不服，就因为我后面交，我的就变得一文不值了，还是连你也觉得我是抄了她的大纲？"

大概是憋了好久的气，俞小鱼的语气很冲。她是通过殷其的关系才进来的，作品当然没话说，只是始终融不进他们这个圈子。

关于这一点，俞小鱼将原因放到了陈束和易点点身上。

当时，她刚进来，她和朋友打电话的时候，说了陈束两句不好听的，正好被易点点听到。

为了这事，易点点还和她吵过一次，最后还是殷其出面化解的。在那之后，陈束也知道对方并不喜欢自己，后来虽然殷其还是会带俞小鱼过来，但几人之间的气氛一直有些尴尬。

"这是公司的决定。"

俞小鱼不满道:"明明就是你袒护陈束。"

粟衿不悦地皱起眉,到底还是保持着一贯的端庄:"你们都是我签的作者,谈不上袒护谁,决定也不是我一个人做的,是整个总编室经过了较长时间的讨论,才做出来的。"

"可是我……"俞小鱼说着,眼里不自觉地蒙上一层水雾。

粟衿掐着时机,开始晓之以理:"我知道你觉得委屈,但是有些事就是这样,树上掉了一个苹果不可能谁都能捡到,捡到了是幸运,捡不到就只能自己去摘。"

她走过来,拍了拍俞小鱼的肩膀:"这种事,公司也是为了大局考虑。我答应你,以后有什么机会,我一定帮你去争取。"

见对方动容,粟衿快刀斩乱麻,将桌上那杯奶茶推了推:"把这杯奶茶喝了,回去好好调整一下,我相信你,一定可以写出更好的作品来。"

陈束大概是觉得继续待在这儿有些不合适,于是微微朝粟衿俯了下身,小声道:"那我先走了?"

"一会儿找你。"粟衿没拦着陈束,动了动唇无声道。

陈束不情不愿地点头应下,轻手轻脚地推门出去,将办公室留给两人。

陈束去楼下逛了一圈,最后找了家奶茶店坐下,等粟衿那边来消息。

关于大纲的事情,她现在还处在"蒙圈"的状态,来之前粟衿并未向她透露过分毫,大概也是觉得和她并没有太多关系。

一直到桌上那杯双拼奶茶被她喝得差不多了,粟衿那边才发来消息。

"上来吧。"

哪知道刚到楼下,陈束就和俞小鱼碰上,她张了张口,刚打算打招呼,结果俞小鱼看都不看她一眼,直接从她身边走过。

陈束尴尬地捋了下头发,按了电梯楼层,上去找粟衿。

"粟老师,这到底是怎么回事?"陈束嚼着嘴里的珍珠,毫无规矩地往沙发上一坐,跷着二郎腿问道。

粟衿看不惯,顺手拿起书就往她腿上砸去:"就那样,和你关系不大,你知道也没什么用。"

"这话说得,我好歹也是当事人之一。"

"你先给我把稿子交上来再说。"粟衿恶狠狠地警告。

陈束的气势瞬间弱了下去,端正坐好,小心翼翼地问她:"你叫我来不会就是为了这个事情吧?"

"不然呢?"

陈束紧张地吞了吞口水,解释:"我……我最近的表现好像还可以吧。"

粟衿故意拉下脸,十分严肃地戳了戳陈束的额头:"也不看看你拖了多久了,明明上上个月中旬就该交上来的稿子,到现在没半点音信,还好意思跟我说表现还不错。"

"状态不好,状态不好。"

"滚!"粟衿难得说了句脏话,算是跳过了这个话题,她打开桌上的记录本,翻到相应的一页,才终于开始说正事。

"新大纲我看过了,细纲也没什么大问题,但是,还有一些细节上面的问题,你自己再考虑一下,回头我把修改意见发你一份。

还有就是,你已经快一年没新作品交上来了,公司这边决定先连载你手上的这个稿子,这样也好过没半点消息出来,回头记得改一下。还有,公司现在有意组织一场作者与读者的互动活动,目前在询问各位作者的情况,你这边我就直接通知你了。"

粟衿一次性将所有事情都说完,陈束听到最后,眉头拧得都快连成一块了。

"粟老师,我能不去吗?"

"不许不去。"粟衿恶狠狠地警告,"你总共就剩那么点读者了,还不给我去安抚好,怎么,真不想做了啊?"

陈束颓废地叹了口气:"知道了。"

粟衿推搡了一下她:"别给我摆脸色,你要是多出几本书,至于我这么操心吗?"

陈束立马吸了吸鼻子,装出一副后悔极了的模样:"粟老师,我现在也正后悔着呢。"

"那你可要悔恨死。"

"喂……"

从公司回来之后,因为要赶进度,加上之前的稿子也得修改一遍才敢放心连载,陈束一下就忙了起来。

林初阳见她难得这么自觉,不免夸赞:"还是粟衿有办法,去一趟公司回来,你简直像换了一个人。"

陈束恶狠狠地瞥向他:"你又不是不知道我的稿子要连载了。"

林初阳过去摸了摸她的头发,温柔得像在安慰楼下的大黄:

"连载是好事，总比一年都没作品强，现在网上那些人都开始说，你是不是准备挖坑埋人。"

"走走走。"陈束烦躁地推开林初阳，"玩你的游戏去。"

林初阳倒是没多做逗留，当真玩游戏去了。走之前，他还将她桌上刚泡的咖啡给喝完了，美其名曰："咖啡喝多了对身体不好。"

"林初阳！"陈束将怀里的抱枕朝林初阳砸去，然后转过身继续写稿。

2.

选题的事，陈束稍微和易点点提了一嘴，易点点问了两句，了解了情况后，也没去细问。毕竟粟衿的处理结果，她很满意。

周五的时候，消失了一段时间的殷其突然出现在群里。

"大家周末有时间吗？我完稿了，请大家一块吃个饭。"

易点点马上接道："行啊，我投烤肉一票。"

"烤肉吃多了不消化，要不换个别的吧？"

陈束点开聊天框飞快打了一行字，还没来得及发出来，就看见俞小鱼的消息发上来。她撇了撇嘴，将那句已经打好的"我也是"删掉，犹豫着说什么比较合适。

还不等她想出来，殷其那边已经追问过来："阿束呢？"

林初阳过来，正好见陈束对着电脑屏幕一脸为难，于是多看了一眼，注意到屏幕上的消息之后，直接过来敲了一排"我觉得烤肉挺好的"发了过去。

"林初阳！"

他的动作太快,根本没给陈束任何反应的机会,等她发现为时已晚。

她下意识地想要撤回,却被林初阳拦住:"大家都看到了,你撤回有什么用。"

陈束气急败坏地踹了他一脚:"谁让你发出去的,现在好了,俞小鱼一定觉得我是在针对她。"

"俞小鱼?"林初阳不懂陈束为什么突然提起她,想了半天才想起是谁,疑惑地问,"不是殷其说请你们吃饭吗,关她什么事?"

撞选题的事,陈束没和林初阳说,他不过是看陈束苦恼,以为她是不好意思提意见,想起她前几天还在吵着想吃烤肉,就直接帮她做了决定。

陈束撑在桌上的手扶着额头,郁闷地骂了句脏话,解释:"上次粟老师叫我去公司,就是因为我和俞小鱼的选题撞了。公司那边让俞小鱼改选题,她为了这事,好像更讨厌我了。你再这么一闹,她估计连杀我的心都该有了。"

"又不是你让她改选题,有什么不能说的,而且你不是也挺想吃烤肉的吗?"

"那她都说了不想吃,我这不是摆明和她抬杠?何况,她本来就不喜欢看我和殷其走得太近。"

林初阳不理解这些人际交往的弯弯绕绕,只是就事论事:"你们和殷其的关系本来就比俞小鱼和殷其的好,决不决定吃烤肉,权力在殷其。至于稿子的事,你充其量算是半个当事人,再算清楚些,根本就没你的事,管她呢。"

陈束真羡慕林初阳的简单思维:"算了,你是不会理解的。"

"我这是拎得清。"

"你少来。"

陈束看殷其在群里回了一句:"那我们就去吃烤肉吧。"知道事情定了下来,她也就没再发言,好在有易点点带动气氛,很快话题就已经转到了别的地方。

"那我可以去吗?"林初阳在离开前,满是期待地问。

"不可以。"

最后,林初阳还是跟着一块去了,因为在出发前,易点点多嘴地在群里问了一句:"阿束不带家属吗?"

"不了吧。"陈束下意识地拒绝。

哪知道殷其那边更热情:"不带上你也就不用来了,你住得那么远,吃完饭可没人愿意送你回去。"

没办法,陈束只好叫上林初阳,吃完饭时间确实挺晚了,要是再让他们送,来回折腾,她也过意不去。

林初阳听说自己能一块过去,满意地说:"阿束,我就知道你不会忍心将我一个人丢在家里的。"

陈束尴尬地笑了笑,真不想说,自己一点都不想带上他。

因为路上堵了会儿车,陈束到得最晚,进去的时候,大家都已经到了,她照着易点点发来的定位找到位置。

考虑到陈束和俞小鱼的情况,易点点特意给陈束留了个离俞小鱼最远的座位。

上次去公司的时候,陈束也听粟衿提起了殷其的新书,听说写得很不错,前面连载了几期,市场反馈也很不错,会尽量压缩制作时间,以最快的速度上市。

这不,殷其这边才刚写完,公司的宣传部门已经开始筹备签售会等事情了。

陈束一入座就笑着打趣殷其:"恭喜殷大,又完成了一篇旷世巨作。"

殷其也不甘示弱:"我也听粟老师说,阿束最近的表现可好了,是不是完稿日将近啊?"

陈束敷衍地笑了笑,继续互捧着:"比不上殷总,前几天粟老师还跟我夸你呢,说我们一群人的年产量都比不上你一个。"

殷其笑纳:"客气客气,正常发挥。"

"喂!"

"殷老师今年是不是已经写了四本书了?"俞小鱼适时地插了句嘴。

殷其点头,神情略微得意:"其实第五本已经偷偷写了一些了。"

俞小鱼露出崇拜的目光:"这么厉害。"

……

两人旁若无人地聊了会儿,易点点和陈束对视了一眼,尴尬地将额前的头发别到耳后,虽然不忍打扰,却还是开口提醒道:"要不我们先点菜吧。"

殷其立马反应过来,将菜单递给易点点和陈束:"你们先看看有什么想吃的。"

易点点但笑不语，她接过菜单，照着往常的规矩，和陈束一块将大家都喜欢的菜点了一遍，然后将菜单递给俞小鱼："小鱼你看看还有什么要吃的？"

俞小鱼接过在菜单看了一圈，什么也没加，直接递给殷其。

殷其诧异地问道："没什么想吃的吗？"

俞小鱼笑着表示："她们都点好了。"

殷其挑了挑眉，没强求，在菜单上画了几个自己喜欢的，便将服务员喊来。

林初阳今天倒是安静得出奇，面带微笑地坐在一旁，除了最开始和大家打了个招呼，就没再说过一句话。

陈束忍不住小声地问道："干吗，出来见人还内向了？"

林初阳露出一个敷衍的笑容，贴在她耳边解释："我要尽量降低自己的存在感，才能够更加准确地观察这场饭局的暗流波动。"

陈束不屑地冷哼一声，骂道："神经病。"倒是没再继续管他。

饭桌上，起先陈束还会去接一下殷其的话题，但随着被俞小鱼打断的次数增加，陈束便不再多说什么，好在有易点点在其中周旋，气氛也算不上太尴尬。

饭后，陈束率先开口，说自己和林初阳打车回去，殷其本来还准备送她的，见她这么一说，遂改口道："那小鱼跟我一块走。"

俞小鱼自然不会拒绝。

至于易点点自己开车来的，也就用不着大家操心。

走之前，殷其伸手揉了揉陈束的头发，说道："早点回去写你的稿子吧。"

陈束愤懑转头，瞪着他，恶狠狠地说："用你说！"

殷其没多在意，将大家都送走，才去找自己的车。

回去的路上，一直沉默的林初阳终于开口了，他说："俞小鱼喜欢殷其。"

陈束诧异地转头，半响才反应过来他是在总结今晚的观察结果。

她无奈地提醒他："这个全世界都知道好吧。"

"俞小鱼以为殷其喜欢你，所以对你十分防备，但是事实上，殷其喜欢的是易点点，只是两个人都没有说破，你充其量就是殷其约见易点点的合理借口。"

陈束听林初阳细数着，脸色渐渐从不屑变成惊讶，最后叹道："林初阳，你长进了，连这些都被你看出来了。"

林初阳得意地轻哼一声："那么明显，谁看不出来啊？"

陈束拍了拍林初阳的肩膀，拉下脸没好气地同他解释："瞎说什么，我、易点点还有殷其，最早是在网上认识的，后来又都一块签到了现在的公司，联系才渐渐多了起来，俞小鱼都是几百年后的事情了。"

"你们这是在搞小团体。"

"放屁。"陈束怒道，"要不是俞小鱼在背后说我坏话，弄得易点点和她吵了一架，我们还是很欢迎她的。"

"这样吗？"

"不然呢。"陈束无奈地摇了摇头，"小伙子，少看点没用的言情小说。"

林初阳委屈地表示："可是我只看过你的书啊。"

陈束气得倒吸了一口气,强压着心里的怒火,丢下一个字:"滚!"

3.

许恒舟的突然造访让陈束有些措手不及。自从上次看过电影之后,陈束再也没有主动联系过许恒舟。中间许恒舟倒是来邀请过她几次,但都被陈束以赶稿为由推辞了。

大抵上,陈束也想让自己从这场无望的暗恋里面抽离出来,将那些不曾被许恒舟知晓的心事一并埋在时间的暗河里。

她不是没有试图鼓起勇气言说,只是每次还来不及开口,突如其来的变动,便让她不得不选择沉默。

一而再,再而三地,竟让她连提起勇气的力气都没了。

她想,或许两人真的不合适吧,否则怎么会一再错过,又或者,她也没有那么喜欢许恒舟。

许恒舟进门,拉着陈束直接冲到林初阳面前,居高临下地指着他问:"解释一下,他为什么还在这里?"

陈束被许恒舟问得一蒙,还是那套说辞:"他暂时没找到合适的房子。"

许恒舟冷哼一声:"陈束,你骗谁呢?他来你这里住了大半年了,还找不到一处合适的房子?"

"那个……"

林初阳试图解释,无奈许恒舟根本就不打算理他。

"你们俩在同居吧?"许初恒问。

陈束的沉默让他愤怒，他扳过陈束，吼道："你一个女孩子，怎么能随随便便就和别人同居，还要不要自己的名声了？你是想气死阿姨吗？"

"我们不是你想的那种关系。"

"那还能是什么？孤男寡女共处一室，陈束，你到底在想什么！"

陈束无奈地挣脱许恒舟，往后退了一步，减少他带来的压迫感。

"许恒舟，你是我的谁啊，我又不是小孩子了，做什么，怎么做，都是我自己的选择，和你没有半点关系。"

"我是你哥哥。"

"邻居而已。"

"陈束！"许恒舟对于陈束的反抗很是不满。

陈束吸了下鼻子，将眼眶的泪给憋了回去，姿态强硬地说："够了，许恒舟，这是我的房子，我让谁住进来，你管不着。你要想和我妈说的话，你大可以去，我不拦着你。"

许恒舟还是头一次看见陈束态度这么强硬，反而叫他有些不适应，他解释："你明明知道我不是这个意思。"

"但我就是这个意思，我既然同意让林初阳住进来，就绝对不会轻易赶他走。"

"你一个女孩子——"

"住个男生不是会更安全吗？"

许恒舟没想到陈束会这么坚持："你怎么就非要……"

"对，我就是非要让他住在这儿。"大概是怕自己马上就撑不住，陈束几次打断许恒舟的话，最后冷着脸指着门口说，"你要没别的事情，就请回吧。我还要写稿，怕是没空招待你。"

"束束……"

陈束直接过去将门打开："我知道了，你走吧。"

许恒舟没办法，瞪了一眼林初阳，不得不离开。走之前，他还是担心地叮嘱："一个人住，万事小心点。"

陈束在门关上的那一刻，决堤般地哭了起来。林初阳站在一旁有些手足无措，不知道该怎么办好。

最后，还是陈束自己哭够了，抽泣着说："扶我一下，腿麻了。"

林初阳赶忙过去将她从地上扶起来，他小心翼翼地问："你没事吧？"

"怎么会没事？"陈束恶狠狠地说，"许恒舟这个浑蛋，凭什么这样说我？他还不是和别的女孩子同居，换女朋友比换衣服还勤快，有什么资格来说我啊。"

林初阳心虚地摸了摸鼻子："他可能喜欢你。"

陈束不服气地反驳："呸，他喜欢谁都不可能喜欢我，他要是喜欢我，怎么会对我无动于衷？"

"刚刚他还生气了。"林初阳将陈束扶到沙发上坐好，又给她递上纸巾盒，才小心翼翼地同她说。

"那是因为他觉得我背着他在做坏事。"

林初阳在茶几边坐下，正对着陈束，一本正经地说："陈束，对于别人的感情我或许感觉不到，但是你的，我绝对不会感觉错。许恒舟确实喜欢你，只是他不确定自己能够喜欢你多久，所以他才不敢轻易向你表白。"

陈束听了林初阳的话后愣住，一时间竟然不知道该怎么反驳。他说许恒舟喜欢她，是的，她也曾无数次地认为，许恒舟是喜欢自己的，可也在无数次的失望后，不得不告诉自己，也许自己错了。

最后，她苦笑一声，无奈道："算了吧。"

这么多年，痴痴盼盼等一个人的日子，该结束了。

林初阳张了张嘴，似乎还想说什么，可最后还是选择了沉默。陈束的小说里说过，有些难过，是不需要安慰的，他想现在就是。

因为许恒舟的事，陈束一连好几天情绪都显得有些低落，林初阳又不知道说些什么好，只能在一旁干看着，好像连他都开始难受起来。

"陈束，出去走走吧，夜风很凉快的。"林初阳想了想，总觉得任事情这样发展下去不好，于是提议。

陈束白了林初阳一眼："已经深秋了。"

"家里的酸奶喝完了。"

"那你去买一下。"

"听说楼下——"

陈束不耐烦地打断道："你到底要干什么？"

"我……"林初阳欲言又止，最后深吸了一口气，开口道，"我知道有些话说出来轻巧，但我还是希望你能看开一点，实在不行，我去帮你揍许恒舟一顿。"

陈束被林初阳认真的模样给逗笑，她想说自己没事，可到底觉得太过牵强，干脆起身："走吧，去买酸奶。"

见陈束愿意下楼，林初阳赶忙替她打开门，站在门口，做了个请的姿势。

说是买酸奶，实际上，两人进超市逛了一圈后，一人提了一大袋东西出来。

陈束没走几步，便开始抱怨："林初阳，你买那么多泡面干什么？"

"那你拿那么多酸辣粉干什么？"

两人互看了一眼对方，最终认命地提着各自的东西回家。中途，陈束想说打辆车回家，被林初阳拒绝之后只好放弃。

快到家的时候，陈束忽然转身，皱着眉，盯着身后昏暗的马路若有所思。

"怎么了？"林初阳顺着她目光的方向看去，什么都没看到，遂疑惑地问。

陈束摇了摇头："不知道，总感觉身后好像有人。"

林初阳不放心地又看了几眼，还是什么都没看到，他伸手拍了拍陈束的肩膀安慰道："可能是错觉，先回家吧。"

陈束点头，压住心里的疑虑，同林初阳一块回了家。

再次有这样的感觉，是在半个月后，易点点约陈束出去逛街买衣服。

相较于陈束什么东西都网购的习惯，易点点更喜欢享受那种大包小包带回家的快感。

哪怕陈束并不喜欢逛街,但对于易点点的邀请,她还是不会拒绝,毕竟免费蹭吃一顿,何乐而不为?

结束之后,易点点本来是说要将陈束送到小区门口,但陈束想起家里的水果吃完了,就让易点点在路边的水果店提前将她放下。

同易点点道完别,陈束买好水果后,犹豫着要不要给林初阳打个电话,想了想又作罢。

刚从水果店出来,她就感觉身后好像有人跟着,时间已经不早,街上的行人并不多,这种感觉也变得更加明显。

她下意识地加快脚步,她感觉身后的人也同样加快了脚步,她紧张得心脏都提了起来,全部心思都放在了身后越来越近的脚步声上,直到撞到人。

"呀!"她下意识地惊呼出声,往后退了好几步,很是慌乱。

"没事吧?"

见是林初阳,陈束的心才终于落下。她往后看了好几眼,见没人跟上来,才开口问:"你怎么来了?"

"来接你。"林初阳不做隐瞒,坦然道。

陈束顺势将手上的水果递给林初阳:"那你拿着。"

虽然有林初阳在,但陈束往回走的时候,还是不放心地往后看了好几眼,她犹豫了几次,想问什么,最后还是没问出口。

很快,小区楼下就贴了告示,说最近小区附近有跟踪狂出没,前几天已经被抓到交给了警察,但还是提醒大家出门小心。

陈束指着告示问林初阳:"那天你是不是看见了?"

林初阳对这个问题显然没太大的兴趣,闷闷地"嗯"了一声,算是回答。

陈束感激地冲林初阳笑了笑，递给他一瓶牛奶："谢谢你。"

林初阳傲娇地扬了扬下巴，最终还是收下陈束送的牛奶，满不情愿地说了句："不客气。"

回去前，他盯着门口那张告示又多看了一眼，若有所思。

4.

随着时间的推移，书稿连载的事情也安排下来，陈束将重新修改过的稿子交给粟衿，转身又投入了下文的撰写中。

粟衿看过之后表示满意，没再提别的修改意见，让她顺着往下写，尽快将全文交上来，同时告诉她，易点点虽然磨磨蹭蹭，但也已经交全稿了。

陈束猛然有种被背叛的错觉。

她打电话去质问易点点，易点点无奈地表示："我可不像你，深受粟老师的喜爱，只能自食其力喽。"

她才不信易点点的说辞："别给我扯这些，总之你背叛我已成事实。"

"哥，我知错了，等你完稿，我请你吃串串。"

"这还差不多。"

新书的连载一出来，陈束的微博私信就挤满了小读者的留言，陈束逐条点开回复，心里还不禁感叹：我可真是个亲民的好作者。

粟衿将市场的反馈同陈束讲了一些，目的还是想间接鼓励一下陈束。

以粟衿对陈束的了解，虽然陈束从来没露出过半点沮丧的心态，但她对文字的不自信透过文章也能看出来。

面对各个平台读者留下的评论，陈束心里还是挺开心的，她甚至已经暗暗揣度她的状态是不是回来了。

直到后来的事情发生。

那天，陈束和往常一样，在写了一上午稿子之后，趁着中午休息，翻了一下手机，然后就看见私信多了一些莫名其妙的留言，她起先还不太在意，结果越看越疑惑。

很快易点点的消息就发过来了，她直截了当地说："陈束，今天别上网。"

陈束无奈地敲了一行字："我已经看到了。"

对话框上，一直显示着"对方正在输入"，却一直没有收到消息，最后等到却是易点点的电话。

"那……你没事吧？"

陈束收拾了一下情绪，淡然地表示："还行。"

"那个……"易点点斟酌着语言，最后担忧地问，"你是不是得罪什么业界大佬了？"

陈束愤懑道："我除了上次跟大家打游戏坑了大家一把，平时被编辑催稿什么都不能做，我能去哪干坏事？"

"那怎么会突然出现这种消息，而且说得有鼻子有眼，我差点都信了。"

陈束继续翻看着那些消息，有气无力地说："我自己都觉得挺像真的。"

"谁组织了团队，特意要黑你？"

陈束反问："我有这么大的面子？"

"那是怎么回事？"易点点疑惑地问，始终想不通事情原委，最后只好安慰道，"你别去管那些，这几天就别上网了。"

"嗯，好的。"

说是不上网，陈束心里其实还是挺在意网上那些声音的。

她默不作声地翻看着那些消息，一条一条认真地看下去。事情的起因是网上流传出她的几张照片，分别是她和各种男人在一块的合照，除了已经消失了很久的陆简，连许恒舟和林初阳也有，尤其是林初阳。

加上网上一些人的刻意编撰，她立马就成了私生活混乱、脚踏几条船的坏女人。

这些陈束大可以不用太在意，反正早晚都会澄清，何况她也不太喜欢将私生活展示给大家，这些东西，全然可以当个笑话。

但是很快，就开始有人说陈束其实找了代笔，说她这几年状态持续下降，根本早就没有了之前的实力，这次连载的内容也和之前的风格差距很大，一看就是换了人。

看到这里，陈束忽然不知道说什么好，那些复杂的情绪从心底升起。

这次连载，她其实压力并不小，毕竟隔了那么久才出新作品，又是在和上一本风格相差很大的情况下，出现这样的猜测也是正常的。

只是，收到一条条关于此事的私信，陈束不知道该怎么回复，

尤其还有一些刚步入青春期的小朋友。

她很清楚，自己虽然算不上什么名人，但是写的毕竟是青春文学，读者都是一些正值叛逆期的青少年，稍有不慎都会对他们造成影响。

林初阳正在和几个新交的网友打游戏，突然手机提示有个陌生号码打来电话的时候，他还犹豫要不要接。

最终，他还是接听了。

"还好吗？"

林初阳疑惑地拿开手机，又看了一遍来电显示，确定自己没有听错后，声音不自觉地沉了几分："你问这个干什么！"

他找了这么久都没找到的人，竟然主动找上门来。

"看来你还不知道啊？"陆简慵懒的声音从手机另一端传过来，带着几分轻蔑的挑衅。

林初阳不由得皱起眉，紧张地问道："你做了什么？"

陆简十分无辜地为自己开脱："我可什么都没做，只是有些好奇，陈束现在在干什么。"

林初阳听出他话里的意思，陈束这几天确实安静了不少，他只当她是在愁稿子的事情，也就没去细问，现在看来，一定还有别的事情。

他迅速用平板电脑搜索了一下，陈束果然出事了。

"陆简，你为什么非要针对陈束？"他看了一眼陈束的方向，拿着手机去了楼下，才生气地吼道。

陆简显然不在意他的愤怒，说话的声音一如往常的淡然："我

就是想让你知道,盲目自信的后果。何况她这几年写出来的东西,让我厌恶。"

"那是她状态不好。"

"状态不好就滚啊,适者生存是这个世界的法则,她适应不了就别指望谁都会包容她。"

这些话被陆简轻飘飘地说出来,那么轻巧,但林初阳知道,他既然这么说,必然是势在必得。

林初阳愤然地质问:"你难道以为做这些,她就会好起来吗?"

"我只是把那些不尊重创作的人,从她喜欢的世界里赶出去罢了。"

"陆简,你疯了。"

陆简轻笑一声:"你还是先去关心一下陈束吧。"说完,他直接挂断了电话。

林初阳再打过去,那边已经提示关机。

林初阳烦躁地骂了句脏话,一拳打在树上,稍作平复之后,他去楼下超市转了一圈,才回了家。

陈束还不知道林初阳出去了,见有人敲门,还下意识地喊了一声林初阳,发现对方不在,不满地嘀咕道:"人呢,出去也不跟我说一声。"

开门见是林初阳,她瞬间拉下脸,不满道:"你怎么出去了?"

"有点事。"林初阳淡淡地笑了笑,将手里的零食塞给陈束,"你的。"

是她前几天吵着想吃的自助小火锅,陈束心里泛起喜悦,目光却定在了他的手上:"怎么回事?"

林初阳下意识地将手背到身后:"不小心弄的。"

陈束倒是没继续追问缘由,转身去电视柜的抽屉里找到医药箱,将林初阳按到沙发上坐好,小心翼翼地给他清理伤口。

替他处理好伤口,收拾东西的时候,陈束不小心点开了平板电脑,上面正好显示着关于她的网页。

她手上的动作一顿,然后故作轻松地问道:"你也知道了。"

林初阳看了一眼平板电脑,点头应道:"嗯。"没提陆简打电话过来的事。

"事情好像并不怎么好。"陈束说。

林初阳回应:"那些都是假的不是吗?我可以做证的。"

"舆论是很难去控制的,人们只能看见自己想要看见的东西。"

林初阳本来还想说什么,最后却只是稍微挪了下身子,伸手从后面抱住陈束。

这一刻,他只想将眼前这个看上去柔弱坚韧的女孩抱在怀里,想让她知道,现在和以前不一样,她身边有他,难受可以在他怀里哭,郁闷可以向他诉说。

他摸了摸她的头:"没事的,我相信你。"

陈束感激地点了点头:"嗯,谢谢你。"

由于事情在网上闹得越来越大,陈束不得不出面解释,但效果并不明显,反而引来一群人骂她虚伪。

粟衿那边的反应也很快,陈束刚出面解释,公司就在官方平台上,迅速做了回应。

就算是这样,效果仍然不明显,这些年,抄袭、融梗等事情屡见不鲜,大家已经失去了第一时间做出判断的能力,更多的是选择观望,而那些支持的声音,变得十分微小。

俞小鱼的粉丝不知从哪儿听说陈束抢了俞小鱼的选题,纷纷跑来陈束微博底下谩骂,一时间,事件的热度又被挑了起来。

各种声音充斥在陈束的周围,陈束已经开始有点害怕拿手机,生怕一点开就看到这些消息。

因为这个事件的影响,公司并不想弄得两位作者太尴尬,第一时间就跟陈束这边进行了沟通,说会尽快处理好。

林初阳看出陈束的压力,也不像平时那样继续催她写稿子,反而会拉着陈束一块看电视,让她尽量不想那些事情。

他说:"你也不用太去在意,相信粟衿,她会帮你处理好的,不是还有易点点和殷其他们吗?他们都是站在你这边的。"

其实事情发生后不久,易点点就约过陈束出去,被陈束拒绝了,她实在不想让易点点也跟着一块郁闷。

陈束有气无力地点头应道:"没事,我挺好的。"

林初阳没好气地弹了一下她的脑袋:"哪里好了,换成平时你早该跳起来揍我了,看看现在,你动都懒得动一下。"

"我这是懒得和你计较。"陈束解释。

林初阳不满地嘀咕:"你就骗自己吧。"

本来,大家都在等事情渐渐平息下来,公司那边再发个声明,到时候放出殷其的签售会的消息,事情就直接过去了。

却不想陈束家的地址不知道怎么被人查到,开始有一些乱七八糟的包裹摆在门口。

她第一次收到的时候，还在疑惑自己怎么突然有包裹，想着可能是忘记了，也就没细想，结果拆开，里面装着她的书，被人撕得稀烂，还泼了好多红墨水。

陈束惊呼出声，林初阳从房间出来，就看见陈束呆愣地站在客厅，面色慌张。

林初阳快步过去将快递扔进垃圾袋，丢到门外，然后回来将陈束拉到沙发坐下。

他冷静道："报警吧。"

"嗯。"陈束应道，忙去找手机，才恍然发现自己的手都在抖，她忽然像是被触到了开关，直接崩溃，"怎么会这样？我明明已经解释了啊，代笔也是，撞选题也是，我都解释了的，为什么没人相信我……"

林初阳的心不由得抽动了一下。他伸手将陈束揽进怀里，拍着她的后背，安慰道："没事的，会好的，我向你保证，会好的。"

这些天，林初阳不知道开了多少个小号，在网上替陈束解释，但除了一大群看热闹的，其他人根本就不听。

林初阳为此不知道和他们吵过多少回了，可事情没有半点消停，该发的声明，该做的解释，其实大家都已经做过了。

粟衿说，现在只能等热度慢慢降下来，再用别的事情来转移大家的注意，然而谁也没想到事情会闹到这地步。

陈束还在哭，身体一抖一抖的，林初阳只能轻轻拍着她的背安慰她。

最后，他们还是报了警。

  这些事情,陈束不敢告诉任何人,不管谁来问,她都只说挺好的。她不想其他人因为这件事受到影响。

  东西照旧会寄过来,除了那些书,还有一些信件,里面的言辞偏激,说她不配再出书,让她早点滚蛋。

  处理好一切,他同陈束说:"要不,我们出去转转吧?"

第十章 把我忘了吧

1.

说走就走,林初阳急忙收拾好东西,就带着陈束去了车站,坐高铁到另外一个城市,然后又辗转了两趟大巴,才总算到达目的地。

一路上所有的事情都是林初阳在安排,陈束全程只要跟着林初阳,一直到达预订的酒店。

陈束心里清楚,这些行程林初阳其实早就已经安排好,只是在等一个合适的机会来同她说,却不想发生了那样的事情。

两人到达目的地的时候,天已经全黑,入冬之后的天气一天比一天冷,陈束鼻尖冻得通红,手揣在口袋里,跟着林初阳的步伐。

去酒店放好行李后,两人就近找了家餐馆吃晚饭,路上林初阳买了个烤红薯给陈束,说是让她拿着暖暖手。

吃完饭,回房间前,陈束忽然站定,转身面向林初阳十分真诚地说:"林初阳,谢谢你。"

今天一大早发生那样的事情之后,林初阳就一直忙前忙后,先是处理好楼道的事情,然后又开始收拾东西,安排好一路行程,将她带到了离津州几千公里之外的小镇。

这个地方，算不上旅游胜地，近两年才开始开发，整个镇子除了他们住的酒店稍微高一点，还都保留着很早之前的木式建筑、青石板路，宁静又温柔。

林初阳应该在网上找了好久，才找到这儿的吧。

林初阳知道陈束指什么，轻笑一声，摸了摸她的头，语气难得温柔。

他说："好好睡一觉，然后明天我们好好玩。"

陈束郑重地点头，应道："嗯！"

一进酒店房间，陈束就像是断了线的木偶，顺着门板直接滑倒在地上。

冰冷的地面冻得她一哆嗦，她原以为，写稿的感觉回来了，一切都会朝着更好的方向发展，却不想事情会发展成如今这样。

要不是有林初阳在，要不是他片刻不离地陪着，她真不知道自己能够撑到现在。

这段时间，她几乎每天都在想，如果当初，她听了陆简的劝诫，去另找一份工作，事情是不是根本就不会发展成这样。

每每这个想法一冒出来，她眼前就闪过林初阳的身影，想起林初阳曾经在海边跟她说，她一定会成为一个很厉害的作家。

不知道在地上坐了多久，陈束只觉得腿麻到没有知觉，她终于稍微有了点反应，挣扎着试图从地上站起来，却发现根本站不起来，她干脆在地上又坐了一会儿。

第二天，陈束感冒了。

她给林初阳打开门，一说话，才发现自己的声音十分沙哑。

"你感冒了，没开空调吗，还是衣服带少了？"林初阳听了她的声音，立马关切地问，比她还要紧张。

"没事。"陈束摇头，从行李箱里翻出林初阳特意放进去的感冒灵，冲了一杯，稍稍放凉之后，在离开前猛地一口喝完。

林初阳本来还想带陈束去医院看看，无奈陈束不情愿，他也就没法坚持。

这里要比津州冷一些，陈束明明已经穿了两件线衫，还套了一件厚外套，从酒店出去的时候，还是被冻得打了个哆嗦。

林初阳过来，将她外套的帽子给她戴上，拽过她的手揣进自己口袋。温热的感觉，让陈束脸颊在这样的天气里变得通红，她尴尬地开口："那个……"

"那一只手自己塞进口袋。"林初阳说道，似乎对她把自己弄感冒的事，很是生气。

陈束本来是想提醒他，两人这样好像有些不合适，但最后到底什么也没说。

小镇的景色很美，清晨的薄雾，像是给它罩着一层轻纱。

陈束和林初阳就这样漫无目地穿过因为岁月而稍显斑驳的石板路，两人走了一会儿后，沿街的早餐店才开张。陈束买了一小袋裹着芝麻的麻圆，路过粥粉店，她又要了一份清粥。

两人吃过早餐之后，沿路经过镇子最中间的角楼，到了河边。

河对岸停了不少船只，江面上升起薄雾，隐约能够看见对岸人家早起做饭的炊烟。

　　陈束问林初阳:"你怎么找到这儿的?"

　　林初阳得意地耸了耸肩,一脸轻巧地说:"随便在网上逛了逛,就看到这儿啊。"

　　陈束也不计较,十分认真地表示:"林初阳,你不应该陪着我写稿的,你应该去给有钱人当管家,一定特别受老板喜欢。"

　　林初阳轻笑一声,解释:"有钱人哪有你可爱啊。"

　　"哈?"陈束诧异地看向林初阳,随即开怀地笑出声来,"想不到你眼光竟然这么好。"

　　林初阳伸手弹了下她的额头:"少夸自己。"

　　中午,两人去吃了当地的传统菜。之后,林初阳考虑到陈束感冒了,就决定回酒店休息。

　　两人来这边时,林初阳故意没有带手机和电脑,就是想让陈束能够好好休息两天,不去管网上那些事情。

　　陈束在外闲逛的时候根本没心思管这些,这会儿闲下来,反而有些无聊起来。

　　她在屋子里转了一圈,最后打开电视,从行李箱里翻出一本用了一半的笔记本,开始一边听新闻,一边练起字来。

　　林初阳来找陈束的时候,她刚练完字准备休息。

　　他问她:"晚上想吃什么?"

　　陈束想起今天出去的时候,路过的一家石锅鱼店,于是说:"你等我套件外套,我们一块去吃石锅鱼吧。"

　　林初阳礼貌地替她带上门,在门外等她出来。

发现陈束没戴围巾之后,他直接将自己的解下来,随意地在陈束脖子上绕了几圈。

陈束指了指房间表示:"我可以回去拿的。"

林初阳拍了拍她的头,说:"不用,我饿了。"

石锅鱼的分量很足,两人吃到撑,才总算将那锅鱼吃完。

陈束捂着肚子打了个嗝,转头发现林初阳去了旁边的便利店,再出来时,他手里多了两瓶酸奶。在将酸奶递给陈束之前,他又犹豫一下,问道:"你感冒了是不是不能喝?"

"人类哪有那么脆弱。"陈束没好气道,从林初阳手里抽走一瓶酸奶,"谢谢了。"

林初阳不满地反驳:"可你之前还说人类的身体禁不起折腾。"

"一码归一码。"

林初阳嫌弃地冲陈束摇了摇头:"我知道了,人类最擅长的就是给自己找一个合理的借口,连着自己一块骗过去。"

陈束越听越觉得不对劲:"林初阳,我怎么觉得你在骂我呢?"

"没有。"林初阳将脸别向另一边,伸手摸了摸后脖颈,加快了脚步。

陈束探究地半眯起眼睛,审视着他:"你学坏了。"

林初阳回头敷衍地冲她笑了笑,目光无意瞥到不远处,眼神沉了一下,但很快就恢复过来。

他伸手拉起陈束的帽子将她裹得严严实实,手搭在她的肩膀上,说道:"回去吧。"

陈束明显感觉到林初阳的情绪有一丝变化,但又不敢确定,最后只能选择沉默。

在这里的时间,不知道是环境所致,还是林初阳真的安排得很好,除了前两天,陈束真的没再去想网上的那些事情。

两人在这里玩了将近两周。每天六点起床,收拾一下,吃个早餐,和楼下的爷爷奶奶们闲聊一会儿,再随便去转一转,下午要么回酒店休息,要么去麻将馆里坐一坐,晚上除了镇上放电影的时间,基本上早早就回去睡了。

在这样放松的状态下,陈束感觉自己的皮肤都变好了。

决定回去之前,陈束和林初阳走在青石板的小路上,沿街的人家都已经准备休息,只有几家便利店还亮着灯。

天空淅淅沥沥地飘着点小雨,两人打着一把伞,林初阳将陈束紧紧护在怀里,四周安静得只有两人的脚步声。

快到酒店的时候,陈束忽然开口:"林初阳,我可不可以不回去啊?"

"嗯?"

"这样我就听不到那些质疑的声音,不用面对那些疯狂的读者,不是吗?"

林初阳其实能够理解陈束这么说的原因,说到底,她也不过是个小姑娘,面对这前前后后的事情,会退缩也是正常的。

他伸手替陈束把散落的头发别到耳后,微凉的指尖划过陈束的脸颊,然后他说:"陈束,你要是想逃走,我也会帮你的。"

陈束抬眸,对上林初阳的眼睛,心脏不由得一颤。林初阳眼里的真诚,让她相信,就算她现在放弃了,他真会替她摆平一切,只是……

她轻笑一声,用手肘撞了下林初阳,故作轻松地说:"跟你开玩笑呢。"

林初阳反而认真起来,他说:"我没有开玩笑。"

陈束闪躲地埋下头,没再说话。

2.

晚上收拾完行李,陈束说想喝点东西,于是跟林初阳说了一声,就直接下楼了。

林初阳当时没来得及多想,加上陈束又只是去楼下,也就没跟着。等他反应过来,才发现陈束已经去了很久。

他去旁边陈束的房间,发现她连门都没关。

没有手机,他没办法联系上陈束,这一刻,他忽然有些懊悔自己的决定。

他将陈束的房卡抽出来,替她关好门,决定下楼去找她。可他找了一圈,陈束没找到,反而见到了陆简。

只愣怔了一秒,林初阳便朝陆简冲去,下一秒拳头就直接打在了陆简脸上。

他恶狠狠地拎着陆简的衣领吼道:"陈束呢,你把陈束弄去哪里了?"

陆简暗暗用力甩开林初阳的手,冷着声音感叹:"我现在人都在你面前,你怎么还是怀疑我?"

"你想动陈束,根本用不着自己出手。"他想起最近发生的一系列的事情，不由得又朝陆简挥了一拳，被陆简稳稳接住，最后他只能怒道："你要是敢动陈束一下，我绝对不会放过你。"

陆简轻蔑地笑道："别忘了，你从来就没有赢过我。"

"总有一天会的。"

"那就不知道那时候陈束怎么样了。"

林初阳发狠地扑上前去，将陆简推倒在地，他下了狠手揍了陆简一拳："陆简，她的事情和陈束没有半点关系，这个世界的规则，也不是由你来拟订的。"

"我现在不正那样做吗？"陆简整个人变得凶狠而冷冽，他轻拭掉嘴角的血迹，"陈束就是第一个，如果没有你，我早就成功了。"

"浑蛋，我绝对不会让你得逞的。"说着，林初阳又挥拳过来。

这次林初阳没有得逞，陆简及时地躲开，同时回了林初阳一拳："不要试图阻止我，你根本办不到。"

林初阳费力地挣脱他的钳制，紧咬着牙关表示："办不办得到，得我来说。"

"可是，我马上就要成功了，或许你能不能再见陈束都难说。"陆简笑容邪魅地提醒他，"别忘了，可不止我一个人讨厌她。"

林初阳只觉得脑子里好像有电流闪过，联想起这段时间发生的所有事情，他忽然想到了什么。

"你认识俞小鱼？"

一定是这样，所以网上的那些事情还牵扯到了俞小鱼，他早该想到的。

果然，陆简冷笑一声，感叹："看来你还不算太笨。"

"她把陈束带去哪儿了?"林初阳质问道。

陆简耸了耸肩,无奈地表示:"这我可就不知道了,我和俞小鱼的合作,只到这一步,剩下的是她的事情。但我想她不会让我失望的,毕竟她看上去比我还要讨厌陈束。"

林初阳半眯起眼审视着陆简,确定对方没有撒谎之后,松开他,决定先去找到陈束。

虽然当时他说的那错综复杂的关系被陈束否认了,但是有一点林初阳能够确定,在俞小鱼眼里,陈束就是她的假想敌。

至于陆简怎么会和俞小鱼认识,他不想深究。

离开前,陆简好心地提醒了一句:"对了,俞小鱼被陈束的粉丝扒出抄袭,已经被公司强行解约,名声尽毁,现在她估计恨透了陈束吧。"

"你!"

陆简淡淡笑着,丝毫不担心林初阳再动手。

他们没想到,离开的小半个月里,事情竟然发生了这样的逆转。

当时离开得匆忙,陈束只是简单地和易点点交代了一句,自己和林初阳出去散心,之后两人断了联络,也就没收到这些消息。

后来,易点点去她家,门口虽然已经清理干净,但她还是轻易地看出发生了什么。

她去楼下打听到最近发生的一连串的事情,暗骂陈束不厚道,竟然半点都没和自己说。

易点点找不到人,干脆直接去公司找粟衿,和粟衿商量到底要怎么处理。粟衿其实也早就想把事情解决,毕竟被这么一闹,陈束

的名气大受影响，对公司来说，没半点好处。

现在俞小鱼的粉丝死咬着不放，加上之前那些偏激的粉丝一起带节奏，易点点本就和俞小鱼结的梁子不浅，这么一来易点点直接在微博公开撕了起来，明里暗里，就差没指名道姓骂俞小鱼了。

俞小鱼也不是什么软柿子，见易点点那边闹起来，她这边自然也不甘示弱反击。

而在这过程中，一直默默支持陈束的粉丝，突然联合起来发了一篇长微博，清晰地列举出俞小鱼抄袭的"实锤"。一时间舆论一边倒，大家瞬间将注意力从陈束这边转移走。

很快，公司就做出了反应，鉴于各方面影响，决定和俞小鱼解除合作关系。

这样一来，俞小鱼成了众矢之的，她对陈束的恨意也到达了顶端。

陈束刚下楼就碰上了迎面冲她走来的俞小鱼，她正疑惑俞小鱼怎么也在这，就被俞小鱼一把抓住手腕，拉到了地下停车场。

"俞小鱼，你干什么？"

俞小鱼冷哼一声，目光凶狠。她狠狠握紧陈束的手，冷冷地说："我想干什么，你难道不知道吗？"

她的动作太过迅速，陈束没料到会发生这种事情，她反应过来伸手去扒俞小鱼的手，却挣脱不开。

"小鱼，你这是怎么了，我们能不能坐下来好好谈谈？"她试图周旋。

俞小鱼的眼神变得更加凌厉起来，她用双手掐住陈束的脖子，

厉声吼道:"都是因为你,殷大才拒绝了我,我的选题才会被迫换掉。也是因为你,我才会变得像过街老鼠般,都是你把我害成这样。"

陈束被俞小鱼掐得喘不过气来,说不出半个字,脸色越发难看,她拼命地想要挣脱开,却也抵不过已经不顾一切的俞小鱼。

陈束第一次深切感觉到死亡与自己的距离原来这么近,失去意识之前,她脑海里忽然闪过林初阳的身影。

早知道,她就不应该一个人下楼,现在她被人掐住,就快要死了,也不知道林初阳有没有发现她不见了,能不能感觉到她快死了。他要知道了会不会生气,答应他的稿子还没写完呢,她还说要给林初阳过个生日的,她……

意识模糊中,陈束恍然间好像看见不远处有个影子飞快地朝这边冲过来,紧接着,脖颈的压迫感消失,随之而来的是林初阳的呼喊。

"陈束,醒醒,快点醒来。"

陈束虚弱地轻咳了两声,总算醒了过来。

见是林初阳,陈束眼泪不受控制地流了出来,她猛地扑进林初阳怀里,一种劫后余生的后怕感,使得她拽着林初阳衣服的手都在颤抖。

她委屈地哭诉:"林初阳,我还以为我见不到你了呢。我还以为我就这么死了呢。我还有那么多稿子没写,文档落在家里还没保存,电脑快没电了,我……"

陈束语无伦次地说着,林初阳也不着急打断,耐心听着,手轻轻拍着她的后背。

跟他一块赶过来的酒店里的一群工作人员已经制止了俞小鱼,

正准备将她带到当地派出所去。

终于，等陈束说够了，林初阳才摸着陈束的头安慰道："没事，我这不是来了吗……"

话还没说完，林初阳就虚弱地靠着陈束的肩膀晕了过去。

"林初阳！"陈束试着推了推林初阳，担忧地唤道，可没有得到任何回应，她一下就慌了，连连呼唤着，对方始终没有任何反应。

3.

两人醒来已经是在医院。

陈束眯起眼睛，适应了好半天，才终于睁开眼，然后就看见易点点坐在一旁，脸色十分难看。

她瞬间反应过来，故意压低声音虚弱地说："点点，我怎么这么难受？"

易点点没好气地瞪了陈束一眼，火气很大，一边倒水，一边教训道："还知道难受，差点被人掐死，你自己看看脖子上的瘀青，是不是觉得自己有九条命用来折腾啊。"

陈束接过那杯水，讨好地笑了笑，道着歉："点点，我错了，我以后一定不会有任何事情瞒着你。"

"你觉得这样我就会原谅你吗？"

"对不起嘛。"

"没用。"

"我给你买套游戏周边，顺带请你吃一顿火锅。"

易点点意外地没有丝毫动容，态度坚决："不需要。"

陈束知道易点点这次是真生气，只好求助一旁的殷其："殷大……"

哪知一向对陈束十分包容的殷其,这次的脸色也没好到哪儿去,他冷着脸无奈地摊了摊手,最后郑重其事地对陈束说:"抱歉。"

"嗯?"陈束不解。

"小鱼的事情,我这边处理得欠妥,不想最后会变成这样。"殷其解释。

陈束不甚在意地摆了摆手,正准备说什么,旁边床的林初阳也醒来了。他费力地将自己撑起来了些,然后说道:"俞小鱼会变成这样,恐怕和陆简有关系。"

这个已经很久没被他们提起的名字,突然被提起,反而让人感觉有些陌生,但想起来,陈束还是不得有些后怕。

"什么?"陈束不解,陆简为什么要这么做?

林初阳虚弱地闭目养神,对于陈束的问题,他并不愿意多提,他说:"陆简做事情,向来有他的理由。"

既然林初阳不愿多透露,陈束也就没纠结,反而担忧地问:"你现在感觉好点了吗?"

林初阳过度使用精神力以求冲破陆简的屏障,最后凭着所剩不多的力气找到自己,身体的虚弱感恐怕会持续很久。

"好多了。"林初阳淡淡地说。

陈束张了张口,自己现在这样,也没办法照顾林初阳,干脆给他时间让他好好休息。

很快,她再次软硬兼施地去求取易点点的原谅。

林初阳只在医院住了一天,便以临时有急事需要出去为由,提前出了院。陈束本来准备跟着的,但是易点点不放心她这么早出院,非留着她住院了三天。

从医院离开后,林初阳立马想办法回了系统。若是之前,他还心存侥幸地想,陆简或许只是一时偏激,早晚会想明白,现在看来,陆简早已经变成了另外一个人。

陆简眼里容不下半点沙子。

系统那边其实也一直在找陆简的踪迹,只是对方太会躲藏,做事又谨慎,以陆简的能力来说,想把自己隐藏起来,简直轻而易举。

林初阳将自己了解的情况同系统那边反映,同时,自己也跟着一块去找陆简。

最后,在陆简的新家将他找到。

林初阳站在门口,默默看着陆简被系统派来的人带走,一句话也没说。

过去,陆简一直都是林初阳拼命想要追上的人,他无数次地跌倒,又无数次地爬起来,就是为了能够像陆简一样,成为一个优秀的精灵。

后来发生那样的事情,林初阳拼了命地去找过陆简,起先对方并不愿意见他,之后,陆简干脆一走了之。

林初阳再次遇见陆简时,两人还来不及好好叙旧,却由林初阳亲手将他交给了系统。

之后,世界上不会再有陆简,那个被清除了记忆,被关在自省室的人,不会再记得他,甚至连自己是谁都不会知道。

林初阳伸手摸了摸藏在衣服里的吊坠,那是陆简送他的,说是护身符。

不自知地,林初阳的眼角划过一滴眼泪,顺着脸颊,最后滑进衣物里。

他对着空荡的房间,说了一声:"陆简,再见。"

俞小鱼被警察带走之后,因为陈束并不打算追究,她在拘留所关了几天后,就被律师带走了,后续的处理,等着法律定夺。

易点点恨铁不成钢地戳着陈束的脑袋,念叨道:"她都这么对你了,你怎么还傻傻的什么都不计较。"

陈束的目光在殷其身上扫了一眼,淡淡地说:"我这不是没事吗?何况她应该也挺难受了吧。"

听说殷其曾经去探望过俞小鱼一回,至于说了什么她们不知道,只是殷其走了之后,俞小鱼在拘留所整整三天不吃不喝,整个人瘦了一圈。

林初阳这次走了很久,陈束曾经无数次在房间下意识地开口喊他,却都没得到回应,这才想起他回系统了。

习惯真是一个要命的东西。

林初阳再回来,已经临近殷其的签售会,陈束这段时间,交了全稿,手上这本新的稿子也已经开始写,整个人的状态看上去很不错。

在小镇发生那样的事情,林初阳最终还是郑重地道了歉。

他说:"抱歉,是我的疏忽让你遭遇了那样的事情。"

陈束觉得这样的林初阳有些过于沉闷了,哪里有半点刚来那会儿天真欠揍,却又令人欢喜的可爱劲。

最终，她也没将这个感受说出来，只是过去拍了拍他的肩膀，真诚地说："你救了我啊，没有你的话，我可能就……"

"我不会让你有事的。"

两人的视线忽然对上，林初阳的目光坚定，弄得陈束心脏一紧，最后开怀地笑着，点头认同。

殷其的签售会地点，由读者投票决定，第一场放在了津州。

签售会定在下午一点开始，陈束和易点点约了时间，一块去买了两束花。

到达现场的时候，殷其正在后台化妆，手里还捧着盒饭。

易点点看了一眼，将捧花放在旁边的桌上，打趣道："殷大怎么混到吃这个的地步了，配不上你的身份啊。"

殷其冷眼瞥了下她，塞了一大口饭，嚼得十分用力："劳务人员哪能和你们比，有得吃就不错了。"

"这话说得，你可是我们公司的主力干将，大家都指望你过日子呢。"易点点回头问陈束，"是吧，阿束？"

陈束连忙附和："当然当然。"

殷其半眯着眼睛，将话题转移到陈束身上："阿束，听说你完稿了？"

陈束得意地扬起下巴："那是，写了一年，粟老师杀我八百次都嫌少。"

这时，粟衿从外面进来，端着两杯咖啡，见她们也在，遂指了指外面："出门左转直走，点完单记在我账上。"

陈束和易点点连忙道谢。

粟衿看见林初阳,好奇地问:"这位是?"

"我朋友。"陈束解释。

林初阳回来之后,整个人变得沉默了好多,总是时不时出神好像在想什么事情。

粟衿难得看陈束带男性过来,于是问道:"男朋友?"

陈束连忙摇头:"不是。"

"嗯?"粟衿疑惑,"那是殷其的读者?"

"也不是,只是我一个特别的朋友。"

粟衿意味深长地打量了一下两人,但笑不语,转身将咖啡递给殷其,便不再追问了。

签售前,还有一个简单的访谈,提纲早在之前就发给了殷其,陈束他们已经在群里看过,还在群里调侃过殷其,但是没想到,殷其回答的时候不按套路出牌,现场的主持人被打个措手不及,惊险地靠着多年的主持经验给圆了回来。

来到签售现场的读者很多,陈束和易点点前去打趣了殷其一番,就准备先去外面转转,等他签完再一块吃饭。

粟衿得在现场盯着,易点点约了两个在这边的朋友聊天,最后只剩下陈束和林初阳。

两人在楼上找了个甜品店,隐约能够看见签售现场,陈束有些憧憬地感慨:"我刚签公司的时候,粟老师就跟我说,好好写,总有一天一定能够开一场声势浩大的签售会。可我写了没两年,速度就跟不上了,到现在都没开一场像样的签售会。"

"马上就会的。"

陈束若有所思地戳着面前的蛋糕，忽然深吸了一口气，真诚地表示："林初阳，谢谢你。"

林初阳无奈地伸手弹了下陈束的额头："知道了。"

这段时间，陈束总是动不动就道谢。

没想到，陈束不仅没有生气，反而笑着继续说道："要不是你的话，我恐怕真的就坚持不下去了。这两年来，我曾无数次躺在床上想了，自己是不是真的不适合创作，是不是才气用尽了，是不是走了一条错误的路？每次想到这里的时候，就会觉得，要不放弃吧，反正也写不出什么名气，反正也没那么喜欢。"

她停顿了一下，尽量保持平和，才继续说："但是幸好，你出现了，在我几乎决定放弃的时候。"

林初阳的手在陈束的肩膀处停顿了一下，最终没有落下，他故作淡然地说："都过去了。"

现在的陈束，已经重拾了自信，就算是在他离开的这段时间，也能够顺利地完成创作，也不需要他时刻去督促了。

当年那个自信、真诚、明媚的陈束，又回来了。

突然，陈束没头没尾地问了句："那你要走了吗？"

虽然林初阳最初来到她身边的时候，她曾无数次地希望他回去，希望他不要出现在自己面前，可现在她忽然意识到他会离开，心里竟然空落落的，像是缺了一块。

林初阳整个人一顿，半天才有所动作，笑着反问："干吗？是不是发现了我的重要性，舍不得了？"

陈束嘴硬地说："你走了我还清静些。"

林初阳笑了笑，没有接话。

4.

林初阳确定要走是在半个月后，那天，林初阳像往常一样，清晨起来，下楼去买了两份早餐，给楼下的大黄买了个鸡腿，陪它聊了好长一会儿。

回来之后，他便开始收拾房间。

陈束从房间出来立马察觉出不对劲："林初阳？"

林初阳知道陈束已经猜到他要走了，停下手上的活儿，过去摸了摸她的头，故作轻松地笑着应她："嗯。"

"哦。"陈束终于不再假装什么都不知道，敛眸淡淡回道。

之后，她拿起笔记本电脑进了房间，就再也没有出来。中午，林初阳特意煮了一份泡面，这是他来这边之后，唯一学会煮的食物，还是陈束教了好几回他才学会的。

陈束拖拖拉拉地从房间出来，被林初阳指责说太慢，耽搁了最佳的食用时间。

她看着眼前的泡面不自觉地红了眼眶，憋了好久，才把眼泪给憋回去，她嫌弃地说："你怎么还是只会做这个？"

"你只教了我这个。"

陈束吃泡面的动作一顿，猛地吸了吸鼻子，才装作不满地抱怨："没我做得好吃。"

"嗯。"林初阳淡笑着看着她，难得认同她说的话。

"我们去买酒吧。"

吃到一半的时候，陈束忽然提议。

"好。"

明明不久前两人才义正词严地说过再也不碰酒，这会儿主动提起来，反而没人拒绝。

他们去超市买了一大袋的酒，换作平时，林初阳恐怕早就开始制止了，然而今天，不管陈束拿什么，他都没拦着，直到陈束的手放在了洗衣液上。

"陈束，这个不用。"林初阳皱着眉提醒。

陈束尴尬地将洗衣液放回去，看了一眼满满当当的购物车，终于停手。

陈束的酒量在今天好像突然变好了，她喝了一瓶又一瓶，脑子却还清醒得很，始终都有声音在告诉她，林初阳要走了。

林初阳要走了啊。

那个突然出现，用可怜兮兮的模样博取了她的同情，赖在她家不走的人，走的时候却叫人这么难受。

"林初阳，你个浑蛋！"

陈束倔强地憋着眼泪，委屈巴巴地骂道，却在下一秒，决堤般地哭了起来。

"来的时候，不经我的允许，现在要走，又不经我的允许，凭什么啊？我可是你的衣食父母，哪有你这样对我的。"

林初阳摸着陈束的头，眼神宠溺又无奈："之前不是还让我早点回去吗？说一点都不想见到我。"

"我骗人的。"陈束忽然抬头直直看向林初阳，眼角泪痕斑斑，坦然地戳穿自己。

林初阳的动作一顿,脸上的笑容僵住,好半天才挤出一句:"陈束,我早晚都是要回去的。"

陈束借着酒劲开始撒泼:"可你明明说,要一直保护我,不会再让我受伤害的。"

林初阳解释:"我只是回到了系统里。"

"那还不是再也不会出来,我就再也见不到你,我也找不到你,你就从我的生活里消失了。"

"那就把我忘了。"

"放屁,你话那么多,我现在一看文档耳边就会响起你的声音,怎么忘得掉!"

陈束大概是气急了,哭得肩膀一抽一抽的,连说话都断断续续。

林初阳被她惹得心脏揪成一团,只好伸手将陈束拉进怀里。

"对不起。"

陈束生气地捶了他一拳:"浑蛋!"

"对不起。"

林初阳再次道歉。

"林初阳,我难受……"陈束委屈地哭诉。

"我知道。"

陈束推开林初阳,看向他的眼神满是期待。

她问:"不能不走吗?"

"我……"这一刻,林初阳犹豫了,"不能"两个字卡在喉咙,无论怎么样都说不出来。

"你要是走了,我会哭会难过的,会写不出稿子,会心里空落落的,会拼命想你,会不知道怎么办才好啊。"

"不要这样。"

"我喜欢你，就是会这样啊。"陈束深吸了口气，一字一句十分清晰地说，"林初阳，我喜欢你，很喜欢很喜欢，喜欢到一想到再也见不到你，眼泪就会不受控制地流。"

"陈束……"

陈束拿起桌上的酒，猛地喝了大半瓶，然后将酒瓶往桌上一放，身子前倾，揽住林初阳的脖子。

一个吻落在了林初阳唇上。

她仓皇而生疏地去完成这个动作，想要告诉林初阳，她真的很喜欢他，很喜欢很喜欢，一点儿也不想他离开。

林初阳僵在那儿，唇瓣柔软的触觉瞬间激起了他的记忆，那温热的、柔软的、甜蜜的感觉，太熟悉了，熟悉到让他有一瞬间贪恋地想要更多。

他的手在空中僵了很久，终究还是狠心地将陈束推开。

"对不起。"他说。

陈束红着双眼看着他，一动不动。

林初阳不得不别开眼。

最后，她大概明白了林初阳的想法，于是转身，背向林初阳，冷声说道："你滚吧，滚了就再也不要回来，我就当你从来没来过，我会把你忘了，忘得干干净净。"

陈束闭上眼，压抑住胸腔内那难耐的不舍，过了好久，才听见他说了一句。

"好。"

林初阳真的走了。

陈束只记得那晚她哭得很厉害,在和林初阳说了那样的气话之后,又哭了很久,而林初阳像是在哄某个闹脾气的小孩,抱着她,轻轻拍着她的后背,不厌其烦地安慰着。

最后,她哭累了,便睡着了。

她再醒来,家里哪里还有林初阳的影子。

他将他生活过的痕迹全部抹掉,就像是从来没有出现过一样。要不是书架上添置的那几本书,她甚至怀疑这些天的经历是不是自己的幻觉。

她找遍了房间的每一个角落,确定林初阳是真的走了,连个告别的机会都没给她。

连续一个星期,陈束都提不起半点精神,像个游魂般穿梭在房间,脑海里总是不自觉就会浮现起林初阳的影子。

他认真打游戏的样子,凝眉看电视的样子,跷着二郎腿等泡面的样子,翻箱倒柜找零食的样子,吵着闹着要吃麻辣烫的样子,还有总是督促她写稿子的样子……都清晰地印在她的脑海里。

以前她从不在意,这会儿却好像走到哪都能记起来。

某天,她呆坐在电脑前,忽然想喝酸奶,下意识地喊了一声"林初阳",紧接着她的眼泪唰地就溢出眼眶。

她抱着膝盖,埋着头,胸腔满溢出来的难过惹得眼泪完全止不住。

哭过之后,她一气之下,决定把书架上那几本书全都丢掉,既然不会回来了,那就当他从来没来过好了。

却不想,她一下没拿稳,书掉了一地。她弯下腰,对于书里掉出来的纸并不太在意,正准备放回去时,临时起意又打开。

然后,她愣住了。

那是一封信,林初阳写的信。

不长,就短短的几句话。

陈束,再见。

怕你醒了,就舍不得走,所以没和你告别就离开了,这样你就不会哭了吧。

答应我,好好写书,你可是我看好的人,一定可以变得很厉害。到时候,就开很多场声势浩大的签售会,好不好?

还有,记住我其实一直在你身边,所以不许让我看见你拿我当借口拖稿。

对了,泡面我都带走了,以后不许吃了。

最后,对不起,我好像忘记了很重要的事情,以后不会了。

照顾好自己,让我看到你站上更大的舞台。

字真丑,陈束委屈地吐槽。

最后,她还是没有把那些书扔掉,而是将它们一一捡起来,再次放回书架上,连同那封信。

她找到粟衿,说自己想写一个故事,一个在放弃边缘徘徊的作者,因为软件赠送的守护精灵,在他的开导和陪伴下,重新拾起对写作的信心,并获得幸福的故事。

她说:"这可能会是一个琐碎的故事,不如以往那些稿子的故事感强,但是我想写。"

"给我一个理由。"粟衿说。

陈束不假思索地回了一句话:"我很想写,很想很想。"

"那我相信你。"

就这样,陈束迅速开始了新书的创作,从大纲到正式开始,都十分顺利。

在开始写正文前,她给自己泡了一杯速溶咖啡,加了一块方糖,还洗了一碗圣女果,点开了一个甜甜的歌单,一切准备就绪之后,她终于敲下第一行字——致亲爱的你。

陈束写得很快,粟衿甚至还未催稿,陈束就已经顺利地将全稿交了上来。

这本书,和她以前的多少有些出入,但粟衿看过之后,还是决定作为重点推出。

果不其然,在宣传前期,读者的反响就很不错,上市之后,销量稳步上升,不到三个月就加印了一次。

随着各地订单的递来,粟衿终于忍不住向陈束赞叹道:"束束,你火了。"

陈束还没深切感受到,粟衿来说的时候,她还不太敢相信,不确定地问道:"真的吗?"

"真的,你看看你微博粉丝的增长速度,我看公司马上就要和我谈你的后期规划了。"

陈束盯着电脑屏幕,淡淡地笑着,然后敲了一行字——"林初阳,谢谢你",很快又删掉,重新敲了一行发了过去。

"粟老师,谢谢你。"

"跟我客气什么,多来公司看看我就行。"

"明天就去!"

随着人气的增加,加上题材很不错,这部小说很快被影视方看上,准备拿去改编。

对此,陈束只有一个要求。

"让我来当编剧。"她对粟衿表示,"这本故事,我希望从始至终都是我自己来写。"

粟衿没有拒绝陈束的提议,和影视方那边周旋了很久,终于将事情定下来。

开始之前,陈束看了好多与编剧相关的书籍,又将小说重新看了一遍,才终于动笔。

剧本的创作和小说还是有一定差别,加上陈束之前从来没有接触过与剧本相关的创作,最初写的时候算不上顺利,东西写不出来,她整个人又开始变得焦虑起来。

但和之前不同,她不再想要逃避,她开始一遍遍地修改剧本,不厌其烦,最后拖了大半年,总算交了上去,她都已经不知道修改了多少版。

影视公司看过之后,大为满意。

大概也看出了陈束对这个故事的热爱,所以选角的时候,公司特意来问过她的意见,甚至还邀请她一块去了选角现场。

在看到最后一名演员进来的时候,陈束几乎以为自己出现幻觉了。

那长相、身形,甚至笑起来嘴角上扬的弧度,都像极了林初阳。

那一刻,她差点就要抑制不住想要扑上去的冲动,脑海里闪过了无数个念头,最后都定在了眼前那人的身上。

几乎不等他开始表演,陈束就对旁边的导演和制作人说:"就他吧,我选他。"

虽然最后,还是让那人试演了一段,但已经丝毫不影响陈束的判断,她甚至开始极力游说旁边的导演。

选角结束之后,陈束在走廊转角再次见到了那人。

他看到陈束,立马往这边走过来,真诚地笑着,说:"我想我应该谢谢你。"

"嗯?"陈束愣了一下,然后淡然道,"我只是觉得你的形象很符合我书中的男主。"

"还是要谢谢你。"他说,"这是我第一次出来跑剧组,能够得到这样的支持,我很荣幸。"

"那就加油。"

就在陈束准备转身之前,那人有些疑惑地又问了一句:"我们以前是不是见过?"

陈束转身,好心地提醒他:"我是个小说作者,你这个搭讪方式我会觉得很老套。"

结果对方反而变得更加笃定起来:"不,我过去一定见过你。"

陈束抬头对上那双眼睛,这么澄澈干净的眼睛,她确实见到过,而且再没有忘掉。

  这双眼睛,像是布着银河,见过之后,便让她念念不能忘。
  否决的话到了嘴边,她却怎么也说不来,最后变成了一句不确定的:
  "也许真的见过吧。"

  或许是在很久之前某个睡醒的清晨,在之后每个辗转反侧的黑夜,在后来无数笑着醒来的梦里。
  林初阳啊,你看,我还是忘不掉你。

番外一　我遇到和你很像的人

电视剧拍摄现场，陈束作为总编剧，其实不用天天过去，但是鉴于对这个故事的重视，她很少缺席。

进了剧组之后，陈束才知道，那个她钦点的男主角，叫沈暮辞。听说在此之前，他发生过一场车祸，昏迷了很久，一年前才醒来。

沈暮辞是新人演员，也就没有太多架子，偶尔见陈束在，让助理买咖啡的时候，还会给她带一杯。

"陈老师，你应该很喜欢林初阳吧。"

"嗯？"

陈束诧异地转头，随手将桌面的文档关掉。

沈暮辞也不介意，淡淡笑着，等待着陈束的回答。

不得不说，很多时候，陈束看沈暮辞的时候，总会生出几分熟悉感，或许是那双澄澈的眸，简直像极了林初阳。

小说里面，陈束直接用了"林初阳"的名字，这会儿也不知道

沈暮辞是在问她对她的男主,还是对林初阳?

"喜欢。"

沈暮辞笑着感叹:"真好。"

陈束不解,他便又多解释了几句:"因为你的喜欢,让我轻易地就接了这么重要的戏,也因为你的喜欢,对故事的用心,才会让我们的剧有这么高的人气。你简直就是我的恩人。"

陈束淡淡地笑了笑:"那你最好给我好好演,要演砸了,我唯你是问。"

沈暮辞认真地表示:"保证尽全力。"

晚上,陈束写了一会儿稿,正准备休息的时候,沈暮辞过来敲门。

"陈老师,圣诞节了,他们楼下在放烟火,你也去看看吧。"

陈束下意识地想拒绝,无奈沈暮辞没有给她拒绝的机会,随手拿过她挂在门边的外套,套在她身上,催促道:"快点,就差你了。"

楼下一群人都已经玩疯了,陈束挑了个安静的角落坐下,给易点点打了个电话,说自己在剧组。

易点点给她发了个红包,聊表安慰。

没一会儿,沈暮辞端着一杯果酒过来:"陈老师,谢谢你。"

"你每天谢八百遍还不够?"陈束无奈地接过酒杯,毫不留情地拆穿他。

"不够。"沈暮辞摇头,然后问陈束,"可以对我说句话吗?"

"什么?"

"祝我,生日快乐。"

陈束脸上的笑容顿住,半天没有说话。

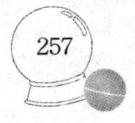

沈暮辞以为她不相信自己,于是解释了一遍:"今天真的是我生日。"

陈束这才反应过来,淡淡地笑着,同他碰了下杯,说道:"生日快乐。"

林初阳在她身边待了大半年,从初春到寒冬,圣诞节那会儿,他正好不在,本来她都准备好趁着这天给他过生日,结果等了一晚上也没等到人。

却没想到,这句生日快乐,最后她还是补了回来。

晚上,陈束躺在床上,想起林初阳。

她说:"林初阳,我见到一个和你很像的人,举止像,说话像,连眼里散落星辰的模样都和你好像。"

真好。

番外二 想把你告诉全世界

电视剧播出之后,收视率居高不下,同时,陈束也收到了电视台的邀约。

是一档访谈节目,除了陈束,电视剧的男女主角也都收到了邀请。

因为主要是针对作品的访谈,所以主持人也将重心放在了陈束身上,问题几乎都是问她的。

主持人开场就直接提问。

"陈老师,大家都知道你为这个作品呕心沥血,请问它对你来说为什么会这么重要,让你这么重视它?"

陈束笑着回答:"因为,它之于我,本身就很重要,如果不是它,我可能会直接放弃创作这条道路,今天也就不可能坐在这里,和你相见了。"

"听说你在选角现场,一眼就看中了沈暮辞这个男主?"

陈束看了一眼沈暮辞,认真地说:"因为他真的很符合我心中对林初阳的构想，可以说，是我应该谢谢他，将林初阳塑造得这么好。"

"沈老师也是？"

"我很荣幸。"沈暮辞略微得意地解释，"不过我想除了我，陈老师应该也不会让别人来演林初阳吧。"

陈束笑了笑，算是默认。

"所以，到底是陈老师成就了这部作品，还是这部作品成就了陈老师？"

"是它成就了我，或者说，是它让我重新变得充满干劲。"

"那陈老师当初写这个故事的契机是？"

陈束认真地想了想："大概是觉得必须要把这个事情说出来，关于林初阳，关于我自己，从私人感情来说，我很想让更多人知道，和我一块记得，林初阳这个人。"

"所以，林初阳对你来说，很重要喽？"

"嗯，很重要、很重要。"

沈暮辞适时地插了句嘴："所以我一直说，我很幸运。"

主持人瞬间活跃气氛："那你就没有好好谢谢陈老师？"

"何止，隔三岔五就得送点东西，免得她把我忘了。"

气氛渐渐活跃，话题也从陈束身上，渐渐转移到两位艺人那儿。

相比陈束，他们显然要更加会接梗，陈束乐得在旁边听着，一直到访谈结束。

离开之前，沈暮辞喊住陈束："陈老师，等一下，一会儿送你回去。"

"我可不想和你闹出绯闻。"

电视剧爆红之后,沈暮辞早就不是当初那个演艺新人,连身边的助理都换了一拨。

沈暮辞略显失落:"陈老师这么说,就过分了吧。"

"走吧。"陈束最终还是没有拒绝。

车上,沈暮辞递给陈束一个小礼盒,是个边夹。

陈束想起当初陆简送她的那个边夹,林初阳十分嫌弃地说,一个小破玩意也能让她感动成那样。

"我要是不接受,是不是更过分?"她问。

"那我会很难受的。"

将陈束送到小区楼下,沈暮辞忽然说:"陈老师,回头通过一下我的微信呗。"

这恐怕才是他今晚的目的吧,陈束诧异道:"你加我了?"

陈束嫌弃地看了一眼手机,还真有个好友申请被她忽略了。

"精灵在跳舞?名字真土。"她随即点了同意。

沈暮辞毫不介意地耸了耸肩:"多谢了。"

在车门即将关上的时候,陈束忽然喊道:"沈暮辞,谢谢你。"

"嗯?"

"没事,再见!"

谢谢你,演绎了一个这么好的林初阳;谢谢你,让全世界都知道了他。

后记　天使来做伴

关于这个故事，最初源于无数个寂寥赶稿的夜里。

当时我就想啊，一个人辛苦赶稿实在是太寂寞凄惨了，这时候，要是有谁能够在旁边陪着，帮我端茶递水，捏捏肩该多好啊。

后来一想，我那么辛苦赶稿，应该不会愿意看到旁边有人很闲的样子。

很快，我又会想，要是我的软件能够帮我敲字该多好，就算只是把我脑子里想到的东西敲上去也好呀。

当然，这些也就是想想，稿子什么的还是得自己写啊。

但，这个故事的雏形算是出来了。

我将这个想法告诉了编辑，编辑说，可以写。于是，我在手上的稿子写完之后，就开始筹划这个故事。

起先，我的想法里，林初阳和之前的很多男主都很像，话少、严肃、一板一眼。

然后编辑说，既然是个精灵，那就让他当一个温暖的人吧。想一想，你写稿子的时候，屏幕那端有人在十分严肃地盯着你，应该会很难受吧？但如果是个很温暖的人，是不是就会觉得幸福点呢。

我被说服了。

毕竟，仔细想想，要是我一点开文档，就会出现一张很严肃的脸在看着我究竟怎么在写稿，也太吓人了吧。

而此刻，我打开文档，想到就算是深夜，也许我的精灵也正在默默陪我一块努力，心里不自觉便会升起一丝暖意。

故事里，陈束是个在意了太多评价，对于写作开始失去信心，一度想要放弃的创作者。

而林初阳，是为了陈束而来，势必要让她重新拾起信心，然后站上大舞台的软件精灵。

他从一开始笨拙不得法，到后来运用网上查到的方法，看各种书籍获得的知识，解决了陈束的困惑。

在她遇到危险的时候，拼尽全力去保护她；在她难受的时候，带她出去散心，甚至为了保护他，不惜与自己的偶像大哥反目。

或许有人会问，两人之间究竟是何情感？

其实啊，林初阳在一开始，就很在意陈束，否则也不会不忍在软件里看她为了写稿而发愁，所以拼命来到她身边。要知道，设定上，从软件来到人类世界，并不是那么轻松。

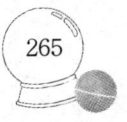

  而陈束在林初阳的日夜相伴，在看着他无数次为了她耗尽心力后，心也不自觉地偏向了那边。

  但是，其实两个人又都清楚，林初阳始终还是得回到软件中去，所以，最后的最后，陈束也只能借着酒劲，求他留下来。

  至于故事最后出现的那个人，他其实就是林初阳啊。

  不管这世上是不是真的有软件精灵存在，但如果你在辛勤劳动之后，想象着，身边其实有一个很可爱的，很在乎你的，默默守护你的精灵在陪着你，会不会就没有那么辛苦了呢。

  所以，加油，不管多绝望，你都要相信，这个世界是温暖的地方，哪里都会有"天使"存在，说不定一觉醒来，他们就来找你了。

本书由狸子小姐委托长沙大鱼文化传媒有限公司正式授权广东旅游出版社，在中国大陆地区独家出版中文简体版本。未经书面同意，本书的任何部分不得以图表、电子、影印、缩拍、录音和其他手段进行复制和转载，违者必究。

你是银河，见过之后，就让我念念不能忘。